当风推门而入
将含着黎明的光泽献给我

ed
草地边上

CAODI
BIANSHANG

范明 / 著

中国书籍出版社
China Book Press

图书在版编目（CIP）数据

草地边上 / 范明著. — 北京：中国书籍出版社，2020.12

ISBN 978-7-5068-8057-2

Ⅰ.①草… Ⅱ.①范… Ⅲ.①诗集－中国－当代 Ⅳ.①I227

中国版本图书馆CIP数据核字（2020）第208878号

草地边上
范 明 著

图书策划	武 斌　崔付建
责任编辑	成晓春
责任印制	孙马飞　马 芝
封面设计	鸿儒文轩
出版发行	中国书籍出版社
地　　址	北京市丰台区三路居路 97 号（邮编：100073）
电　　话	（010）52257143（总编室）　（010）52257140（发行部）
电子邮箱	eo@chinabp.com.cn
经　　销	全国新华书店
印　　刷	三河市华东印刷有限公司
开　　本	880毫米×1230毫米　1/32
字　　数	120千字
印　　张	8.875
版　　次	2021年1月第1版　2021年1月第 1 次印刷
书　　号	ISBN 978-7-5068-8057-2
定　　价	48.00 元

版权所有　翻印必究

走进她折叠的小书房
——《草地边上》序

◎ 杨 克[①]

几乎每个人都有一个书房梦,置身于悉心布置、独一无二的个人空间,哪怕并不总在读书,也是与自己灵魂隐秘对话。美好闲暇的一方天地,收纳主人阅读、审美、生活和旅行经年积累的物件,任从休憩、舒张和孕育心灵自由,隔绝千篇一律、纷繁喧嚣的外部世界。遗憾的是,人们谋生营营役役,蜗居寸土尺金,往往难从心愿。解脱出路无非有二:若往外,前往图书馆,在华美恢宏的公共空间和海量的文献图书之中流连忘返;若往内,则是精神维度,以文字和思想为自己打造一座座心灵书房,虽然无形无影,却不受外界变迁影响、不需车马奔波,朝夕随时居所,如同一位忠贞不渝

[①] 杨克:编审,一级作家。中国作协主席团委员,中国作协诗歌委员会副主任。

的终身伴侣。"结庐在人境"的深圳女诗人范明,正是将近年新诗结集出版,薄薄一册之中折叠着、隐藏着宁静致远的小书房、小世界,静候知音好友的开启、到访,共赏这160多件由现实转化文字、再经诗歌幻化而成的心灵藏品。

延续诗人一向清新爽朗的风格,集中诗作无论游赏山水或聆听自然、家人思忆或爱人倾诉、瞬间即感或深思熟虑,总是自然流畅,朗朗上口,随心所至,随物赋形,既不事雕琢,也不取悦逢迎。就如周作人曾说:"我们于日用必需的东西以外,必需还有一点无用的游戏与享乐,生活才觉得有意思。我们看夕阳,看秋河,看花,听雨,闻香,喝不解渴的酒,吃不求饱的点心。"她的诗歌恰好正是活脱脱地写好写透大时代里的小性灵,从小事小景和平凡人物中透析出大智慧和真诗性。跟时下许多诗集体例不同,这部诗集既没按主题内容分辑、也没依时间先后,反而以每首诗作的题目首字拼音排序。这种体例若有若无,稍加约束便肆意留白,并非要达到词典、百科全书般的严谨客观,只是为了不至于散漫无边,避免了任何理解诠释的事先制约,反而给予读者充分的阅读自主。随意翻阅这一首首作品,如同随缘拾起书房里这些随意交错摆放而又神韵相连的卷册和物件,自有曲径通幽的妙趣。

首先吸引我们的是书房里意态肆意的摄影集、画册。诗人喜爱行走山水田园之中,以唐诗宋词般的寥寥一组画面,惜墨如金地永远凝固了自然景物和人物处境之中最微妙生动、跃然纸上的一刻。既有犹如凝神屏息按下心灵快门的摄影,"密林中的学府庄重,典雅/图书馆古朴的翘檐挂一弯清辉/登一级阶梯,就离真知更近一步/鉴心湖畔,散步的风/

遇上湖水微澜／夏雨打在荷叶宛如叩门声／冲天的圆柱小篆俊逸／风从南边来／翻着一页页书"（《珞珈山下》），"飘着银杏叶的街道／古榕树侧卧古南门的庭院／沉重的斑痕挤压着硕硕山石／我凝视江水塔影／冬至不期而遇／最漫长的夜挂起褪色的红灯笼／如幽秘的前世"（《千年的梦》）；也有匠心独运的水墨丹青，"风清凉，石凳也清凉／想必一千多万年前／人类的始祖也遇见过这样的好天气／有人席地而坐／在画布上勾勒几枝瘦竹／风来时，竹叶细碎而沙沙地响／天高云淡，有山在旁／沙溪亭外／小船从远处驶来／山野环绕的水流清澈／驶来的是日子／流去的是岁月"（《访古》），"清晨的雨／有些冷清／落在石板岩的高家台／一幅巨大的山村秋雨图／鸡冠花，翠菊，牵牛花／在泥地里站着，坐着，趴着／狗尾巴草不知为何得意／摇着尾巴／山山相连，云雾环绕／溪水从山涧挂出云峰的阶梯／我们在画室听雨／与山对望／黄昏的灯光／亮了石板路旁的村舍／雨中散步，直到很晚／但山还醒着"（《在石板岩，遇雨》）。诗句兼有线条的跳跃和色彩的流动，塑造出可感可亲的景物意象，渗透着率真直白的情愫，画面透过挥洒自如的表达，凝聚着静水流深的气韵和神采。

她也偶然尝试以浓厚的西洋画风释放如梵·高版的内心激情，"当你来到版画村，满园的向日葵扑向你／你被巨大的激动牵绊住／风吹来金黄的火焰／小蜜蜂举起了火把／千万朵花瓣伸出手，滚动着田园的波浪／夕阳下，碉楼耸立，仿佛光阴可以轮回／高与低，明与暗，白与黑／苍凉与希望／在一幅画里描述／你也在画中／又仿佛是你，拧亮了一小片星空"（《向日葵》）。除了整体画面，她也注重捕捉细节和动态写真，"像是石头的斑纹／漩涡激起微浪／逆水而上的树瘦骨嶙屿/惊落一片枯叶/山行于低处/初春泥泞的寒意/群鸟喧闹后飞向山林/各回各的窝/一片静地/众树听风打坐/水流拐弯时，落叶转着圈/舞出最后的优雅"(《水流拐弯时》)，"我要赶在日落之前/收集阳光的碎银/并观察叶子/在秋天暗示下群体的沉思/……最后一抹余晖/从树杈的缝隙中消逝/我胸口一紧。好像触碰到了/最脆弱的部分"(《日落之前》)。兴之所至时，她还会给作品加上后期处理或多重曝光，让自己融入画中，营造出更唯美梦幻的效果，"我左手提一壶月光/右手随意涂抹/恍若神助/画了一座金色的山/再在山巅上，点一滴月的露珠儿"(《山上的月》)，"一颗跳伞的星星降落湖面/峡谷原始又神秘/月光落在雪地上/风掀动空谷的声响/一只白鸟蓦地飞过树梢/飞向远处绿的湖泊/树木开始夜巡/抖了抖鹅黄的披风/月光照见自己/在夜晚收起美丽的羽毛/那星火一闪而过/一切仿佛又恢复了平静/因为月光，万物温暖/我在寻找月光的脚印"(《月光飞来》)，"潮湿的岩石有颗坚硬的心/也有出世的柔软与旷达/静谧的庭院，吟诵陶公的诗章/怡然有余乐/我相信那束光从未泯灭/好比我爱着这空蒙的山色/行舟，垂钓，漫步/独我，在烟雨中"(《桃花源》)。由心而发，大巧不工，她对世间万物有着极其敏感的内心，在自然与田园之间游走，用笔尖挖掘生命万物中潜藏的能量，把内心深处感受传递给读者。

看罢画册，访客会留意到小书房里，也有简朴的"陈设"，一套茶具和错落放置、形态各异的若干石头。"靠窗，端坐/左手取杯，右手提壶/闻香，品茗/慢慢地，时间也是/在茶水里浸泡，一种慢的艺术"(《下午茶》)，诗人和诗歌都蕴含着宁静致远的气质。而她对石头的观察入微也是别出心裁,"两个石头打坐／一个是禅,一个是悟／树林,杂草,溪水／释放所有的慈悲"(《悟》),"甚至从远古时代开始／倾听石头的歌声／那歌声唱在心里／雨来时,唱入耳中／而石头一直唱着歌／无论快乐和忧愁／在深山里,从来没有停止"(《唱歌的石头》)。也许正因为石头内敛质朴,与天地同在,与万物通灵,点拨有方,可成玉、成金,与语言文字有异曲同工之妙。其貌不扬的石头,在她内心都变得妙趣横生,别具魅力,"我找到这颗石头／虽孤独却安享其中／流星划过天穹／点亮山谷的幽静／灵性从山上流淌下来／我捡起它时／上面密密麻麻写满了文字／我摸着石头的刻痕／像读一部天书／山下炊烟袅袅,人间正酣畅"(《石头说》),"我以为它是块飞来的石头／静静地卧在溪畔一侧／我抚摸的手掌印出水的波纹／我抱回山泉的清凉／将石头摆上窗台／只是片刻,石头却不见了／我清醒自己的去向／却不知石头去哪儿了／当我从溪水边拾起／我就失去了它"(《飞来的石头》)。这些虚实相生的石头,或粗粝,或圆润,或嶙峋,或方正,个性十足,在她游历山水时邂逅而错失,却在语言的小天地里失而复得,于字里行间找到可靠的栖居之所。

现代书房往往少不了音响,这所书房也不例外,收藏着不少自然界的治愈系音乐"唱片"。主人对声音异常敏感,特别是久居于嘈杂的城中村办公室,对宁静和悠扬产生格外浓厚的渴望。雨落、风过、鸟鸣,给予她心灵莫大的慰藉和想象,也因此被她的文字"录音"浓缩在艺术载体之中。"雨昨夜落下／树木沉静／轻柔的声音／盖住了街上的喧哗／晨起听见鸟鸣／清风潜入室内,不易察觉／窥探墙上的时钟／不可抑止地在周围流转"(《润物细无声》),"穿过风,穿过窗户／穿过我的发际和手指／穿过黎明的耳朵／穿过发动的汽车，地铁／树叶的缝隙／密集，清脆，嘶哑／穿过瘦下来的树林／被人遗忘的山路和呼啸而过的站台"(《鸟叫声穿过》)。即便欣赏西洋古典音乐时，她也联想到旷远清澈的山水之音，"德沃夏克大提琴协奏曲响起／仿佛世界来到一个牧场，一个果园／在那遥远的过去，也有一群人／他们并不富有／但优雅地活着，恋爱，思考／游走在山间，林间，清澈的溪水边"(《听音乐会》)。她还尝试自己作曲，让大自然奏出崭新的旋律，"风灌满云的耳朵／叫醒一个贪睡的人／这个早晨／总想给夏天的一场大雨／写一首曲子／它哗啦啦的，倾盆而至／一把七弦琴正在练习弹奏／远山的溪流／因辽阔而余音袅袅／而此时，这场大雨泼了下来／在下一个路口／那么急切"(《练习曲》)；在颇有后现代派音乐的氛围幻听之中，谐振宇宙深处的神秘天籁"我挪一步，你就往前挪一步／有耳，听流水清音的单曲／或是循环的步子，围绕宇宙之轴／一分钟六十秒，两分钟一百二十秒／那么，一天复一天，一年复一年／我挪一步，你挪一步／喜慢，亦喜超越／无影，无心。世界的耳朵"(《时间是》)。

事实上，除了以声音为素材的诗作，她的许多诗歌都融合着诗和散文的美妙旋律，"而我的三月，闭门不出／不去花们舞蹈的林间／隔着铁栏杆的窗户时晴时阴／风穿过弄堂，陡然地，若有所思／梳理春天的枝条，为盛开的云樱／飘落的哀伤／天一层层变暗，又一层层点亮／水上烟波浩渺／鸟儿低空急飞，余下水流，白色的泡沫／我站在水岸，翘首，等一束光照向水面"(《期待之诗》)。她往往在长短不一的诗行之间，精心应和着古典之美的律动，意象的变幻，情感的起伏，流畅自然，如歌如诉。开启她的诗集，管弦悠扬和丝竹婉转，如清风自来，沁人心扉。

领略过她诗歌书房里视觉、听觉和触觉之美后，读者要花费更多的时间仔细翻阅书架上的卷册，这里不收纳前辈、时人的著作，而是将主人亲笔的书信札记妥帖安放，保存着人生行走和岁月流逝之间的悲欢。翻动书页，主人在彼时彼景的笑靥与蹙眉依稀再现眼前。

首先是她的"书信"，有家书，有情书；有当面倾诉的，有隔空传情的，也有默藏于心、未曾寄出的；甚至还有给文学偶像舒婷的致谢函（《你的微笑带来了阳光》）。

父母是诗歌里永恒的题材，她往往在大风、暴雨、下雪或月圆时，通过普通生活场景的细描和点染，丝丝入扣地陈述着故乡与儿时、面容与背影、送别与团聚（《风很大》《父亲的背影》《下雪了》《今夜举一杯明月》），或者在不动声色的对话中，流露对母亲的歉疚（《母亲的心愿》），又或者忆述其与家人相聚的时光（《外婆》《弟弟》《我和姐姐在梅园》）。正如每个都市人都深藏着乡土梦，她对家庭和幸福的想象总是保存着质朴的情怀，"山脚下的村庄／一棵樟树遮蔽屋檐下的风雨／泥土孕育菜花的香／黄昏笼罩农田／炊烟袅袅的时候／母亲揭开灶前热腾腾的锅／归家人锁好汽车／朝屋子里喊：我回来了／每天这样多好／光阴清淡，如一碗白米饭"（《山脚下的光阴》）。尽管现代化和城市化是历史的宿命，但我们禁不住依然在充满悲悯、虔诚的吟哦和叮咛中，为根植于古老土地和浓郁亲情而一唱三叹，潸然感喟。

红尘岁月，无爱的日子不值一提，她也以诗歌传情达意，含蓄而热烈地记录幸福与憧憬。"当风推门而入／将含着黎明的光泽献给我／且多年以后，也有不愿触碰的暗石／不愿风来时，你从此杳无音信／在隐居的山谷和叮咚的音乐里／爱的感觉储藏了一生"（《爱的感觉》），"我想打破常规／不写过去，写一写未来／因为现在，就是我和你过去的未来／生活平常而又平静／多是色香味俱全的菜谱／回到故里，我们都喜欢去江滩／吹着江上的风／望着江水缓缓地流／望着夕阳，一起老去"（《生日诗》），还有《五月令人惊讶》《我们坐在江边吹着江风》《我需要》等等。正因爱生命、爱美、爱人情，文字自然而然就洋溢着暖流，尽情展现舒畅自如的幸福，诉说出青春而又成熟的浪漫。执子之手，她心目中的理想之爱也许正是这样的情景，"我们走着狭长的山路／你看那远方／路的尽头无法抵达／在世的孤独永不能平息／空山，寂静，如我们所愿／若万物有灵，这里便是栖息的所在"（《空山静》）。无限旷远之余，她又能执着地眷恋着平凡的人间烟火，贯穿着对生活、亲人、乡土这一切生命中美好事物的留恋和敬重，"多年的一个习惯／父亲牵着母亲的手过马路／仿佛还在花前月下／山高水长。我跟在他们身后／我的爱人牵着我的手／我牵着我的孩子／我们的手都握得紧紧的／风吹，吹不散"（《习惯》）。唯有在诗的维度，她才能淋漓尽致地以心的诚挚、灵的迷醉、思的流畅、岁月的悠长，水到渠成地诉说出自尊从容的幸福，并唤起我们对爱和梦想的生命追求。

　　书房的书架上、抽屉中，也散落点缀着她的手账札记，任性率真地记录下她在漫步人生路上的所见所闻，在创作中时刻反观自我，探寻人生和社会、情感和智慧的共治一炉。她对自我的定义颇为单纯，"暂且避开高耸的喧哗／生活安逸，简朴／幻想隐居／一陋室，一杯茶，一本书／我想找回被遗忘的密码/并译成诗"(《写诗的日子》),"当你回到家,从抽屉翻出旧笔记/那些墨迹已淡的文字跳出来/仿佛有两个你/过去的已然过去,现在的你仍然可爱"(《当你醒来》),甚至当她端详别人,内心其实倒映出的是自己的形象,"我猜她不写诗/眉头没有忧郁的留痕/人到中年,我情愿相信/她的生活就是诗/她是个像诗一样的女人"(《她》)。她敏感、温柔而坚韧,"你想抓住时间的风/而风是抓不住的/天地之大,有着相同的生命密码/太阳西沉,又从东边升上来"(《太阳向西》),"我更爱一些朦胧的事物/不想解开月光的忧愁/我要花费所有的时间/摁住庞杂的头脑风暴"(《我更爱一些朦胧的事物》)。她洒脱任性,游走于天地之间,阔达睿智又始终心如赤子,"我想背着十月的背包/把一座山背回/还要装满柿子、山楂、山核桃和花椒/我是一个多么贪心的人"(《走进桃花谷》),"当你坐在湖边静思/感知往昔的坚韧与自由的呼喊/那些声音被今朝的雨声再次提醒/敲击着,胸中的一团火,重新燃烧"(《大雨时》),"我还没找到秋天/山上的叶子就红了/我还没找到秋天里的金黄/山上的风簌簌的,如雨声/十月的南方暑气未散/到了秋季的最后一个节气/我写着一首诗/我们是一群有爱的人"(《大山里的秋天》)。诗歌逐行逐句释放的内心力量,是她彻底投入体验生活后得来的丰盛和纯洁,在无拘无束的山川和文字里,摒除功利、虚伪与愚昧的压抑扭曲,人性得以复生和升华。

在文字的对白中,她也经常写到从北方移居南方,从悠远厚重的大城市到另一座朝气蓬勃的大城市的漫长适应史、成长史。她眷恋而不惆怅,怀着善意和梦想在新世界里探索、融入和前行,"从此我是一个航海人/朝着大海之中不灭的火焰／还有一船梦的星辉／时而风暴，更有漫天的霞光"（《南方寻梦》），"我依旧弄不清深圳的冬天什么时候会来／是不是就在这些天几场秋雨之后／冬天将至的仪式感／那么，深圳好在哪儿／好在南腔北调的普通话／好在四季如春的天空和大海／好在都是离乡背井／为了小小的梦想／而这座城向无数异乡人敞开了怀抱"（《谈谈深圳》）。正如她素来不强调自己女诗人身份，也不满足于弱质芊芊的美学层次，她努力追求让诗歌到达一定深度和力度之后，外在的性别角色差异让位于更深层的生命体验和艺术创造力。重游故土，忆古思今，她已能自由自主控制胸中沟壑之间升腾奔涌的情思和气息，气定神闲品味着丰富的人生际遇，将其寄寓到力透纸背的书写之中，"我流浪的城市成了定居之所／我的灵魂仍在出生之地／但它已变了模样／当我游荡在江城的东湖之滨／寻旧人不遇，全是新人／秋风吹拂湖畔纤细的垂柳温存／依然是静雅明净的胸怀／有如黄鹤楼立于蛇山峰岭之上／千年守望唐朝的烟波浩渺"（《遥望有期》）。

　　当读者在这座诗歌书房吟咏良久，在心满意足而又意犹未尽时，一定会思量着会不会还有隐秘的珍宝。的确，就在书桌最深处的抽屉，蕴藏着最后、最大的精神财富。这是一本记录非比寻常的 2020 年春天的日记，由诗集中唯一不按题目拼音序排列的组诗《庚子年诗记》，与之前另外两个单篇《疫中记》《心愿》组成，是主人珍而重之的宝盒，或者更准确地说是一个时间囊，开启密码是善良和勇敢。当诗集所涉及的绝大部分人物情境早已消逝，这段独特经历还栩栩如生，哪怕多年后读者偶然开启这座尘封的记忆之房，仍能从中发现前人面临生存之难的真实证词。

从《1月23日，发生了什么》起，她便以诗歌为日记，提炼平凡生活和普通家庭里最真实最普通的个人体验和集体记忆。《疫中记》《窗外晴朗》《如实记录》里，不事渲染地记叙了武汉和深圳两地家人的居家和社区抗疫情境；《待春归如约》《等光来》又入木三分地概况出生存境况，"迎春花开在空空的大街／宅居窗内／观花人不敢窃喜／阳台上枯坐／每天重复却不一样"，"我们强作镇定／在春天的路口，等光来"。面对灾难，诗人最大的力量仍然是发自肺腑的爱和祝福，"二月／春天的信使还在途中，抖落冬日的寒霜／我们深居简出，从焦灼到平静／度人间清欢／且等信使敲门的声音／到那时，万木欣慰，山河无恙／我只剩下一个心愿／你是春天的孩子／我们去原野，去种一棵春天的树"（《心愿》），"苦闷，煎熬，向来与我们同行／勿忘，春天将蓬勃万物和沉静的山河／小草争抢着爱着尘世／我们都喜欢美，追着光跑"（《立春》）；但又绝不沉溺于麻木不仁的讴歌，保持基于生命尊重和尊严该有的独立思考和理性思辨，"但春天不一样了／若问归期，终究写不出激动人心的句子／拿什么告慰带血的战甲／如果继续赞美／光的桂冠该献给谁？"（《雨水记》），"苦难教会我们／眼泪和牺牲／遗忘掀开迷雾／隐藏的恶，致命的惩戒"（《苦难教会我们》），"雪落在北方／雨下在南方／我们居住的大地，多难而多情／苍穹之下，有不能承受之重和生命之轻／我们经历的，关于黑暗和遗忘／倾听善意的忠告／抱着决不服输的信念／我们需要一把盐／撒在将要愈合的伤口"（《备忘录》）。

正是基于对芸芸众生的真实体验和沉重记录，诗歌才真正配得上人类命运的安魂曲，"深知此生有无助的悲凉时而侵扰/我们常喜欢仰望星空/捂住心中的繁星发呆，等天亮/如此齐心地等一个解封的消息——/困居的人们走出禁地/渡船鸣笛/江上的飞鸟追逐着浪花/黄鹤楼敲响平安钟/满城的樱花喜从悲来/劫后余生，我们要好好爱"（《余生好好爱》）。

　　书是小天地，世界是大书，合上诗集，暂别这座独一无二的心灵书房，我难免怅惘若失。当现代化的历史之轮如悬浮列车飞驰而来，我们生活在一个距离美和心灵日渐生疏的数码钢筋森林，范明却低调而固执地坚持以朴素隽永的行吟，礼赞着造化万物的丰盛和细腻，唤醒人们对诗意、感受和想象的珍重。她的诗歌世界并不富丽堂皇，却暖人心扉，从身边平凡事物和生活游历出发，不讲究技艺锋芒毕露，但亲切无隔、流畅生动，任所见所想即为所言所得，优美清新而耐人寻味，堪称人生之结晶。字里行间流贯其中的灵性之美，超越了地域文化背景差异，逐渐开始具备普遍意义的生命价值和社会内涵，正朝着更具风范的写作境界趋近。而她正是通过一册又一册超越自我的诗集，向不甘平庸的艺术追梦人证明，诗歌，与其说是一种文体、一个名词，不如更具体地说是诗人+写诗，主体+动作，是冷漠时空和僵硬物质包裹下，仍然鲜活流动的精气神。诗人，以其文字形态和生活方式，向世人证明生命的丰富多样和质朴质地之间能够、且应该达到的惊人融合。正是得益于来自所有地域、语言、族群的自由灵魂者，对精神原动力孜孜不倦地追求和发扬，大地、天空和人类社会才一直生趣盎然，万古常新。

目录 /Contents

001　走进她折叠的小书房/杨　克

001　爱的感觉
002　搬
004　擦肩而过
005　草地边上
006　唱歌的石头
008　朝向阳光
010　成　全
011　虫　子
013　窗台上
014　吹泡泡
015　出门有山水
017　大山里的秋天
019　当你醒来

021　弟　弟
023　东　湖
024　冬天的错觉
025　冬　至
026　冬天的巷子
027　多么晴朗的早晨
028　多余的声音
029　大雨时
030　发　现
031　访　古
033　飞来的石头
035　风吹响的早晨
036　风很大
038　父亲的背影
039　寒风吹
040　好日子
042　好在早晨有微风
043　河　岸
045　湖畔漫步
046　画室里
047　黄昏将近
048　记忆看见了我
050　寄　书
051　假日的一天
053　交　往

055 今晚的月亮
057 今夜举一杯明月
058 今早有雨
060 菊花开了
061 聚　会
063 就那么甜甜地看了我一眼
064 空山静
065 蓝
066 老村屋
068 练习曲
070 六月天下着毛毛雨
071 珞珈山下
072 立　秋
073 凌晨，我站在窗口
075 猫
077 梅雨季节
078 梦　境
080 墨兰
081 母亲的心愿
083 那些美好的
084 那只跛脚的鸟
085 南方寻梦
087 你的微笑带来了阳光
089 鸟叫声穿过
090 片　刻

091 千年的梦

093 七月的田野

095 期待之诗

097 秋　思

099 秋天的光辉

100 秋　夜

101 去山中

103 清　明

104 清泉路

105 日落之前

107 润物细无声

109 三棵山楂树

110 山　边

111 山　谷

112 山脚下的光阴

113 圣诞节会下雪吗

114 石头说

116 时间的大部分

117 时间是

118 时间向前

120 水流拐弯时

121 四　月

123 速　写

125 山上的月

127 生日诗

129	数　学
131	谈谈深圳
133	桃花源
135	听音乐会
136	她
138	太阳向西
139	贴地飞翔
140	田园生活
141	外　婆
143	我的脑海有一条波浪行进
144	我的心里有一个远方
146	我更爱一些朦胧的事物
147	我和姐姐在梅园
149	我假装牵着一匹马
151	我们坐在江边吹着江风
153	我需要
155	五月令人惊讶
157	温　暖
159	悟
160	下雨，下雨
161	夕阳下的湖
162	西湾红树林公园
164	溪　谷
165	休息日
166	下午茶

/ 005

167	下雪了
169	夏风凉爽的村庄
170	夏　荷
171	夏日的一天
173	想着你想要的样子
175	向日葵
176	小世界
177	小雪记
179	小镇老人
180	习　惯
181	写诗的日子
182	写一首小诗给自己
184	心　愿
185	新年将至
186	雪停了
187	小黄花
188	学摄影
190	遥望有期
192	也许并非想象
193	也许有一天
194	一只鹦鹉
196	遗漏的光
197	疫中记
199	异乡客
201	樱花开了

202　有月亮的晚上
204　雨
205　月光飞来
207　云　雾
208　有一种爱像海一样永恒
209　在石板岩，遇雨
211　在植物园发现芷香汀
212　在成都，看画展
214　噪音及之后
215　站在悬崖的边上
217　这一年
219　在海边
221　这个村庄的古老被云描述
222　这一天我沿着河道走
223　早晨散步
225　早晨七点钟的雨
227　知　了
229　知　音
230　走进桃花谷
232　庚子年诗记

242　"写一首小诗给自己" / 张德明
254　被收藏的时光

爱的感觉

赤脚的露珠停留在绿叶的手掌上
星空那么迷人
风的速度,忙于追逐湖面上跳舞的蜻蜓
不需持灯,温柔有殷勤的初衷
夜晚的窗口有我爱的烟火
当风推门而入
将含着黎明的光泽献给我
且多年以后,也有不愿触碰的暗石
不愿风来时,你从此杳无音信
在隐居的山谷和叮咚的音乐里
爱的感觉储藏了一生

搬

将有个小变化
而桂树,从小寒至大寒
叶子深绿
它在窥探,一个不起眼的后院
有时细风吹过窗格
有时泡出的茶有桂花香

装了几个大箱子的书要留下吗
那么多无用的,陪着我
使我宽以待物

墙上的兰草像放大了的时针
后院的街上小贩吆喝着
报春的鸟按捺不住性子

又是一年

万变源于不变
仿佛拥有,但未曾有

擦肩而过

我在操场走了三千多步
然后慢下来
前面有个人经过我时
我放低了帽子,有点尴尬
我已经忘记他姓甚名谁
姓李,姓张,还是姓陈
但记得他曾是受人尊敬的老师
现在他有点驼背,有点孤单
他在健步走,而不像是在思考
褪色的黄昏也低下身子
收拢起白天的亮光
我们擦肩而过,没有打招呼
像从未认识一样

草地边上

在草地边上散步
要经过几个"遛狗区"的小牌子
被爱的不只是小狗
和互为依赖地,度过一时半刻
草地走出的一条路,像房子一样静
孩子们玩泥巴的兴致憋坏了吧?
我数着一棵棵树
从一数到十,又从十数到一
有棵树纤细如少年,容易辨别出
清明的雨下了三天后
草又长高了一截。我听到草的叹息,
像我发出的

唱歌的石头

石头在唱歌
青草在山风的羽翼下
五月的呼吸还是顺畅的

溪水快干了
石头在等待一场雨
尽管那些草绿意葱葱

太阳搭了个棚
在此歇歇脚
一直到夜晚降临
甚至从远古时代开始
倾听石头的歌声
那歌声唱在心里
雨来时，唱入耳中

山谷中一处狭窄地带
连虫儿也有自己的烦恼
急躁地在草丛乱飞

而石头一直唱着歌
无论快乐和忧愁
在深山里,从来没有停止

朝向阳光

这么多年了
我仍是一个敏感的人
这让我欣慰
比如细雨的早晨
鸟叫声从敞开的窗口传来
小雨点滚落在阳光的叶子上
这个伤感的秋天
细雨来得正是时候
因为可以做喜欢的事
比如洗衣，打扫
把桌上好久不读的书放进书柜
后山坡上有几个打太极拳的老人
他们的脸朝向阳光
动作如行云流水
草木都弯下了腰，和蔼而谦卑
被打湿的鹅卵石小路

有两棵树开了粉红色的花
这让我愉快
我也朝向阳光,伸开双臂

成 全

一些事物环抱我
但我似乎忘记去年冬天的样子

寒冷出了门
希望看见圣诞节这一天
下一场雪
以成全雪花纷飞
成全将要结束的明天
吐露春的欲望
等下一阵风,把半掩的窗子吹开

虫 子

看待事物的本能有时
自动停滞
你认识或被忽略的
比如虫子的种类

你站在树荫下,仅几秒
蚊子就趴在你的手臂上喝你的血
但能容忍

思维超越天空?
有无限的可能?
幼稚的想法困扰着人们

一次,女孩拿起桌上的纸巾
将虫子捏成两段
那是一条在我脖子上爬了一会儿

比白菜叶还青绿的、细长的虫子
它吐出了毒液?
我的脖子会不会留下深红的爬痕?

我惊魂未定
女孩扔掉了纸巾包裹的虫子
像扔掉小时候的一个噩梦
她的表情似乎是
这样胆小,怎么可以?

窗台上

一盆簕杜鹃长成枯枝
大雨把野草催生
零散的，挂着雨珠

簕杜鹃开过几朵好看的花
现在它细细的枯枝
探出去，优雅地撑着
也不抱怨什么

对面几扇窗子似乎没有人
也许有个人，像我一样
借几分钟闲暇望着雨天发呆

风清凉
大雨转为细雨，野草微颤

吹泡泡

在楚河汉街
看见有人吹泡泡
小女孩高兴地蹦起来
好神奇呀
跑出来一个个彩色的大圈圈

圈圈跑,小女孩去追
小手一抓就破,孩子尖叫着

不过是瞬间的泡沫
我们被逗笑了

只要是美的,孩子都要去追

出门有山水

出门有山水
在桃花源
我喜欢看你的样子如同
你看水的样子
这个下午,你在看水的时候
白云跳进河里
浮在柔软的河床上
你飘动的裙是河水流淌的理由

黄昏时,太阳挂在油画的顶端
投向夏风宁静的倒影
你背靠徐徐到来的黄昏
青草地纳入清凉
你走进一片凤河晚渡的竹林
望向远山
像蓝色的水波层层叠叠的涟漪

一堆篝火煮着一首晚祷的诗
一群牛在晚归的途中
你抬起头,一枚圆圆的白月亮
渐渐变低
它在云间看你的样子
在水中静静躺着的样子
也被我深深喜欢

大山里的秋天

我还没找到秋天
山上的叶子就红了
我还没找到秋天里的金黄
山上的风簌簌的,如雨声
十月的南方暑气未散
到了秋季的最后一个节气
我写着一首诗
我们是一群有爱的人

如果走进北方的大山
都是为了寻找和还愿
说出爱并不羞耻
晒玉米棒的农家小院
把日子过得黄灿灿
女主人面对我的镜头说

要拍得好看噢
她晒红的脸上没有拒绝和慌乱

我已看到成熟的果实
在深山破旧的门前
对联依然醒目,小狗转着小尾巴
悬崖边上菜地绿油油
什么苦难都将随风飘逝
黄野菊执拗地钻出石墙的夹缝
一块巨石正在一棵大树下打坐

我还没来得及收拾落叶
霜降已来到村口
为了爱得更多
我们双脚踏遍蜿蜒的山路
并得到山谷的默许
修行在路上

当你醒来

腾出时间给清晨
比如带上小狗,在立冬的巷子里遛弯
腾出双手,为小事用心
把一盆叶子搬到阳台上,浇浇水
腾出耳朵,听鸟儿叽叽喳喳
蓝花草开出紫色的花
路过的时候,为了你而微笑
腾空杂念,做简单的体操
阳光慢慢铺开草坪
爬上两棵树中间吊起的摇篮
摇篮里大孩子抱着小孩子
风一吹,摇啊摇
小狗在前面撒丫子跑起来
跑远了,就停下来等你
再想想,还有不舍得丢弃的旧鞋子
它们曾经跟着你走过很多路

平坦，坎坷，得意，不顺
拥有和失去
当你回到家，从抽屉翻出旧笔记
那些墨迹已淡的文字跳出来
仿佛有两个你
过去的已然过去，现在，你仍然可爱

弟 弟

弟弟在唱吧录了首童年的歌
池塘边的六月被知了叫醒
秋千上的蝴蝶停在小时候的夏天

长大后的他
还是那个爱学习的男孩
那个沉迷于书中的小王子
那个阳光下奔跑的少年

每天与花草对影,与小乌龟嬉戏
墙上安装一幅字
斜阳照在桌角
窗台上的一盆绿萝
案桌上他画的简笔画
坐在沙发上的气定神闲

弟弟喜欢唱歌
他的歌声是童真，是爱

东　湖

她是前额的光环
是我偏爱的闹中取静
草木各安其所
小船穿行水上

风吹云退
太阳雨洒了几滴
湖光山色，她属于任何人

而我不甘心就此离开
顺手扯了扯湖水的衣衫
想做一条蓝布裙
再绣一朵荷
亭亭，立在水中央

冬天的错觉

没看见梅花
这个冬天是不完美的
没看到下雪
这个冬天略显苍白
新年到,阳光慵懒
我遇见大雪的错觉落满
即将发芽的湖岸

风正在破冰
解冻的湖水流过
安静的桥廊
我想起去年磨山的雨
梅花枝头闹

其实,我偏爱兰花
不比梅花多

冬 至

厨房里冒着热气
没有更好的地方能让我启程
南方，白日偏暖，推窗还见绿叶
异木棉，锦葵目植物，约好花开到明年一月
时至长夜漫漫，万物有所期
然而，啁啾鸟鸣，可也在清零？

冬天的巷子

我经过一个冬天的巷子
站在一棵南北朝的银杏树下
瑟瑟冷风漫过额头
我需要这样彻底地冷一次
像冻结的雪等待一场春雨
我保持着微笑
但前路茫茫
倚在那棵古老的树旁
我感觉错过了繁华的集市
车马声，吆喝声，风吹花椒香……
而现在，树干苍硕，树枝干瘦
对面人去楼空
当银杏叶扑簌簌落下来
一口古井进入长时间冥想
我徘徊不前，是要走进宽巷子还是窄巷子

多么晴朗的早晨

我围着操场走了一圈
多么晴朗的早晨
阳光也胖了

几只蜻蜓贴着草坪低飞
飞到吹奏者的树荫下
秋天的曲调,落满了相思的叶子

妈妈,快看——
我朝一个孩子的声音望去
高高的天空,一架飞机轻盈飞过

多好呀,早晨像是奔跑中的孩子
金秋里果实的香甜
我们的国家,国旗迎风招展

多余的声音

单单雨声也罢
还有震荡房顶的钻机声
一台推土机进进退退
突,突,突
转动黑色方向盘
声音够多了
把多余的转走吧
留下雨声,小小就好

雨水过后,阳光躁动
翻阅天书
时雾,时风,时尘

大雨时

大雨时，万物多了几分寂寞
曾经或正在经历的风浪
你相信雨能听懂
如同初秋的早晨在雨中醒来
将夏日最后的暑气驱散
黄昏时候，新一轮降雨如期而至
仿佛一个夏季的等待
有些事物值得付出和拥有
比如你双足踏实地行走
即使在陌生的纵横交错的街巷
也能寻到先人的踪迹
岸边垂柳，一湖塔影，一座孤楼
当你坐在湖边静思
感知往昔的坚韧与自由的呼喊
那些声音被今朝的雨声再次提醒
敲击着，胸中的一团火，重新燃烧

发　现

于是，我发现
这些房屋空了很久
墙壁斑驳
两枝枯荷印在灰白之间

人影匆匆
歌声散去
碉楼似一座丰碑
刻满碑文

伟大之处在于
门前有新人走过
春风拂来
窄巷里，一片蓝托起沉睡的屋檐

访 古

深秋。树叶稀疏。
一些脆弱的叶子飘落地上
如此清静,正合吾意

风清凉,石凳也清凉
想必一千多万年前
人类的始祖也遇见过这样的好天气
有人席地而坐
在画布上勾勒几枝瘦竹
风来时,竹叶细碎而沙沙地响
天高云淡,有山在旁

沙溪亭外
小船从远处驶来
山野环绕的水流清澈
驶来的是日子

流去的是岁月

阳光透过树枝
穿越古今
石峡古道攀延山顶
先人的足迹,现在
是我们的

飞来的石头

我以为它是块飞来的石头
静静地卧在溪畔一侧
我抚摸的手掌印出水的波纹

我抱回山泉的清凉
将石头摆上窗台
只是片刻,石头却不见了

我清醒自己的去向
却不知石头去哪儿了
当我从溪水边拾起
我就失去了它

它只能记住大山、瀑布、溪流
静夜中月光的清澈

有一棵枯败的树立于一旁
似乎与它厮守了很多年

如果它比树的生命要长
并拥有永恒之光
它的沉默就是一个谜

我不想揭开谜底
石头又飞去哪儿了
它或许一直在
清醒与沉默时

风吹响的早晨

忽然的一阵风
一批叶子,细碎,纷纷扬扬落下
它们来不及迟疑

落在山路上,光影斑驳
晨练的人拉开架势,云手推掌
鸟叫清脆

又一阵风吹来
树叶沙沙。凤凰木,紫荆花,蓝花草……
所幸我能说出它们

这风吹响的早晨
阳光普照,云向无穷无尽的蓝天伸展
我伸出手,想接住纷纷落叶

风很大

我找到一首曲子,它使我心安
但早晨醒来,我已经忘记了昨日
忘记了要去做的事
那一定不重要
曲子在反复弹奏
我努力回忆,却已经想不起来
昨日的昨日,我在哪里
每年四月,风很大
似乎是某种期待,比如
一场大雨,之前的闪电和雷声
我与母亲有着相同的记忆
我想她最多的时候
她也许不知道
我的任性,从小不喜欢她唠叨
想离家多远就多远
我一遍遍听着曲子

失去的又重新找回,就像从来没有失去过
这个早晨,我应该想起了什么
大雨没有来,只有风,猛刮着窗户

父亲的背影

父亲坚持要送我去公交车站
已是向晚,外面刮起大风
雨肆虐狂洒
我说就几步路不用送
"送一下,送一下"
母亲也踩着小碎步追到门口
仿佛灯影摇晃
雨伞下的父亲,步子迈得稳
已是八十好几的人了
父亲的背影,那么挺直

寒风吹

寒风吹
岸上的芦花都白了
一堆奇怪的石头
一堆残黄的七零八落的杂草
空门，香炉，花冢
柳叶落满薄冰的湖面
团团围住夕照的幽静
空空的庭院，是摆来看的
好了，群鸭仍在水上游

好日子

旁边工地的响声要到明年了
邻家先生说
现在是打桩,接下来倒混凝土
很难想象
他曾爬上爬下,头顶安全帽的样子

那是好日子,保障性住房
从天际发白到黄昏而来的夜晚
轰轰地,街面上只是这声音

一个男人面对一群戴工帽的男人
大声地吼:水啊,电啊,安全啊……
那些男人是父亲、儿子、兄弟
或三代同堂
此刻是建筑工人

这持续的响声高耸着
一截一截往下
钉，钉……
好像好日子就是这样
一截一截钉出来的

好在早晨有微风

好在早晨有微风
好在几棵高大的棕榈树在窗外
晃动着绿色的长叶

此时,宜藏住养花的水分
藏住微风中遗漏的一些光

蝉鸣、蛙声仍是夏天里
明亮的部分
江河水丰沛
我储藏的光越来越多

河 岸

河岸
低的地方是河水
高的地方是楼房
有只小黄狗被套上颈圈
它咧着嘴,伸长了舌头
两位年长的妇女聊着天
我绕开狗,绕开聊天者
绕开和我一样
沿河岸走路的人
我们彼此并不关心

有人坐在河堤发呆
有人叉着腰,一身闲适打扮
中秋了,到晚间应望月
模仿古人,有相思方知甘苦
而今晚,月亮不会爬上楼顶

不会掉进河中
因为雨突然下起来
地上炸开了爆米花

湖畔漫步

这个下午,我在湖畔漫步
垂柳俯身拨弄湖水

以为见过的湖都不如东湖好
以为有湖的地方能偶遇一些惊喜

这是另一个城市的湖
湖面铺满八月的荷叶
我站在湖畔
等待最美的夕阳,透过柳枝

我突然发觉
没有人可以说话
即使有,记忆里都有自己的故乡

画室里

一缕墨香浮在半空
我站在画前
高高的碉楼,低低的房屋
门前几株绿色的植物
竹竿晾晒着衣裳

室内每个角落
音乐缓慢,幽淡
煮沸的水冒出热气
清谈时,水蒸气朦胧了
时间的倒影

零乱的,寂静的村庄
被小心翼翼地挂在墙上

黄昏将近

黄昏将近
两只蝴蝶在草地上飞
那么小的翅膀
淡得不能再淡的紫色
它们互相追逐,两小无猜
我感到让人欣慰的事情
无论遇见或不见
都会发生
在慢慢褪色的黄昏
孩子们回到各自家中
多好,爱不必预演
也不必惊慌

记忆看见了我

去草地边上散步
等于和自己交谈
一条路像房子一样静。
我数着树
从一数到十,又从十数到一
有棵树纤细如少年
容易辨别出,雨下过三天后
它又长高了一截。
这些年,我不再常怀念想
不再念想我在有水的地方出生
水里多了一个月亮。
所经历的,风也好,雨也好
都恰逢其时。
山高水长,阔别已久的湖畔
四月里,记忆又看见了我。

有那么一刻,仿佛夕阳静止的草地
我找到了投在地上的影子。

寄 书

三月的天气在南方仿佛
被海风吹热的风筝
快递小哥如约而至
他的账单写着全国各地的地址
比如这会儿又多了一个

他是个胖小哥
年轻的额头冒出细汗
刚才装了一大箱子的书
从三楼抱到一楼
他的小货车上
热情如三月的海风

我要寄走的书
风一样跑没了影
像无数只断了线的风筝

假日的一天

深蓝,浅蓝
难以描述的蓝。
公园里,草坪也是蓝的一部分。

海上的桥准备着浪漫的晚餐
逆风吹动起我的裙摆。
大多时候,为了忘记平庸
我们来到海边
像海一样快乐,无边无际。

松软的芝士蛋糕
被小女孩娴熟地放进口中
一个背包客站在桥上独自看风景。

所以,假日的好处不仅如此
孩子们天性爱水

为一时摆脱枯燥的说教而开怀
翻卷的海浪是他们飞翔的理由。

所有的蓝,美好的,寂寞的,忧伤的
溶化在了大海中。

交　往

微信　人与人之间
当我沉思
关于悲苦和伤痛
联想毫无根据，它们深陷于无形。

有人大隐于市
喜欢运用修辞的手法表达心意。
这世界似乎没有不快乐的事
一位摄影师等待最美的光线拍出最美的群山
却忽略了一株草挣扎着钻出房顶
一间空房子回忆它的主人
它们与旧屋亲密的关系。

所以，我们怀念过去
有时不想说话也不想听别人说。

所以，许多表情被复制和替代
我们仿佛是同一个人。

今晚的月亮

我在想
月亮怎么这么低
当我凝视

她一动不动
无论在长形的马路
还是圆形的操场
而夜晚,人们从房间里都出来了

她弓着身子
像是等着所有人看见时
才发光

今天是什么日子
月亮这么低

我们仿佛活在天上
我们是围在她身旁的一群星星

今夜举一杯明月

黄昏时,月亮白
预订的团圆饭
铺上了干净的桌布,摆好鲜花

祝福提前捎上
当白月亮变成蛋黄色
我的归心已酝酿许久

今夜我要举一杯明月
父母大人一切安好
中秋将至,但我不能缺席

今早有雨

今早有雨
滑翔的风
雨珠里晃动的云

这场雨从昨日开始
其实,是从我记事开始
甚至很久很久以前
时针旋转,昼夜不停

我端着一杯咖啡,望着窗外
单元的铁门呼呼作响
人们冒雨出门
都有未完成的事
奔往一个又一个目的地

我放下咖啡杯
找出去年的旧风衣

菊花开了

菊花开了
她们把公园里的阳光占满
在河坡,在桥廊
灿烂是她们唯一的选择

在秋雨飘落之前
我想说出每一朵花的名字
和众多的姊妹

聚　会

门一开一屋子的笑
偷偷看两眼
谁的头发白的多
肚子凸起
谁胖了，瘦了
谁的眼角纹深了

说过很多次的笑话再说一遍
前仰后合，笑成一团
重重的拳头捶过去
假装恨恨骂几声
五湖四海的方言，摸爬滚打
蒲公英随风飘散
倦鸟终有归期

谁的眼窝子浅

忍住泪，没忍住心
相聚一次，离别就多一次
留下一种深刻而平静的爱
念念叨叨
当老了的时候

就那么甜甜地看了我一眼

只要愿意
就可以去看海
你靠着海边的栏杆
天空是淡淡的蓝

搁浅的船儿离得近
风儿,海涛,冲浪时长长的白尾巴
太阳的影子爬上黄昏的沙滩

没有人知道你从哪里来
风吹乱了你的长发
你转过身
就那么甜甜地看了我一眼

空山静

我们走着狭长的山路
你看那远方
路的尽头无法抵达
在世的孤独永不能平息。
空山,寂静,如我们所愿
若万物有灵,这里便是栖息的所在。
在溪水边,我们捡到颇有年代的石头
好像来世也将怀抱山水。
你说,如果静是好的,心有念念
像这些石头,借溪水的清澈
留下清晰的纹理
一条鱼和连绵起伏的山峦
它们被发现,新的命运已经打开。
一只惊鸟突然从一棵老树飞出
细小的流水声代替了我们。

蓝

哪一种更真实呢
我摇下车窗
蓝,讶异于来来往往的忙乱
将一整匹布漫盖

我生活在最茂盛的河岸
盛夏吐出芳草的火焰
燃烧的云接近雨后的骄阳
不再躲闪不确定的目光

窗子在空中旋转
向六月的中心靠拢
仿佛蓝色的魔幻之城
风吹热浪,云加厚

老村屋

一个下午
我路过一个暗沉的老村屋
微弱的光
撑开屋子每个角落
一部老式电视机
成为桌上的摆件

桌角的缺口留下伤痕
几代人的屋檐下
一首老歌总被翻唱
曾经炊烟四起

风雨飘摇
这儿居然还住着人家
孙女放学未归
一双粉色的塑料拖鞋等候在门前

爷爷去了村口的大榕树下
一把暗黄的竹椅等候它的老主人

练习曲

雨就这么泼了下来
酣畅的早晨
阳光也不遗余力
闯进七月的窗口

风灌满云的耳朵
叫醒一个贪睡的人
这个早晨
总想给夏天的一场大雨
写一首曲子
它就这么泼了下来
哗啦啦，倾盆而至

是一把七弦琴
练习弹给远山的溪流
辽阔的不只是山水之外

余音袅袅,抵达另一种空旷
你听,这场大雨泼了下来
在下一个瞬间
那么急切

六月天下着毛毛雨

六月天下着毛毛雨
像星星散落
一粒粒,挂在树上

我有许多零星的小路要走
路过小桥的河
我的河在南边

毛毛雨下了又下
零星的小路一条又一条
小荷是遮雨的小舟

六月的雨纷纷扬扬
一朵朵,开满一树月光
像是连接云上的梯

珞珈山下

密林中的学府庄重,典雅
图书馆古朴的翘檐挂一弯清辉
登一级阶梯,就离真知更近一步

鉴心湖畔,散步的风
遇上湖水微澜
夏雨打在荷叶宛如叩门声

冲天的圆柱小篆俊逸
风从南边来
翻着一页页书

立 秋

立秋伊始的一声炸雷
惊悚了整片天
几道闪电积聚的白
岂是人可预知
当天光重归平静
急雨落下,想是云路过
水边还是夏季的波纹
印有蓝色的碎花及粉红的池荷
仿佛日日清风徐来
但满塘的荷花我只爱一朵
当荷风半刻的清凉堆向岸
我看见一只蜻蜓
停在颤动的荷叶上

凌晨，我站在窗口

有几盏灯还亮着
或刚亮起
早起的鸟儿开始叫唤
或开始享用早餐
我站在七楼的窗口
街面上，黄线区域内的公交车道
平展，规整
站台空空如也
但显然，已经有车辆隆隆行驶的声音
擦过耳边
这是一个平常的凌晨
甚至平常的一天
也许没有什么新的发现
而变化常在不觉之中
人们正沉迷于云巅之上的夏天
和辽阔的蔚蓝

干净,纯粹
像洗过的伤口
像疫情后的重生,让人欣喜万分
我站在窗口远眺
凌晨渐渐远去,朝霞爬上了云山

猫

下雨天，就写写猫吧
我有时抱抱它柔软的身子
拉拉它的胡须
逗逗它伸出前爪抓扑毛线球
它总是假装睡着了
伏在阳光照得到的桌角
一有动静就立即起身，瞪着绿绿的眼睛
这些都是小时候，外婆家的猫
懒懒的，符合我的心意
大人们都过于辛劳
猫有九条命，所以不用担心
今天我看见一只棕灰色的猫
从对面三层楼的窗子
蹿到四层楼的窗子
我头一次遇见，猫胖胖的身子如此机敏
一棵高高的树比所见的距离要远

猫会爬到树上吗?
现实就是,疑惑没有答案
预感的事情也没有发生
即使猫从高处落地
厚厚的肉掌是它活命的本领
我确定它是只流浪猫
但不是那天在楼下遇见的那只
不是我扔垃圾时惊吓到的那只
不是在饭堂边可怜兮兮的那只
我突然想,对面的猫为什么不
蹿到我的窗边
扭过头看看我

梅雨季节

说是咬一口就尝尽人生
到了梅雨季节
红的果子滴出了血
你已习惯躲避阳光直射的眩晕
距离让人心怀友善

只需一天的行程
便可抵达你想去的
鲜有人知的山顶,雾里走来的
你,低头
踩着飘落的花瓣

而这些,已是旧时明月
只有滴血的果子,每一年还新鲜

梦　境

你努力回忆
就在那一刻
你们坐上一部开往海边的公交车

抵达时，你突然被什么惊醒
最后一幕
是他抽着烟，等你

天边霞光微露
海涛温柔
"还早，我们找间咖啡厅坐坐吧"
他的眼神是你喜欢的蓝

真的还早
你从梦里起身，拉开窗帘
天蒙蒙亮

刚下过小雨
好像雨滴在了你的脸上

墨　兰

原来，你是在三月
扶着绿色的阔叶，开出的一串小黄花
不艳丽，不争宠。
刚搬来时，你也是开了花的
我们做室友一年有余
可以不过于关心
不相互打扰
也不用知晓，你开花的具体时辰
但幽幽的香不请自来
仿佛居于深谷
在三月的某个下午，当我听雨，读书时

母亲的心愿

母亲突然说
我们从来没在一起旅行
甚至很多年,没坐在一起
好好聊天

我的样子越来越像母亲
比如白发和皱纹的走向
腼腆地笑
偶尔一声轻叹
窗外传来树叶的沙沙声

每次回家我发觉
母亲不再打理漂亮的发型
穿衣偏爱红色
因为头疼要戴帽子

要好好地旅行一次
要好好地聊聊天
这是母亲的心愿

那些美好的

当晚霞在海的那边布满天际
每天的这个时候如此愉快

海涛变得安静而温存
夕阳的余晖洒落在一艘停泊的船只
一团燃烧的火
云彩也朝着它的方向倾移

我们靠着栏杆小声地说话
你姣好的面容宛如晚霞金色的光芒
爱情,鲜花,歌声,那些美好的

一支风琴从海上升起
每天的这个时候,如此幸福地倾听

那只跛脚的鸟

那只跛脚的鸟不知从哪里飞来
在草地上走着
光太白
照着它鼓鼓的白肚皮
灰色的翅膀好像被什么粘住
也许是有点胖胖的
身子跟着脚一拐一拐
小小的可爱的样子。
野草青青,围拢在树下
我很抱歉踩疼了它们。
强光继续打在草地上
五月丰满的脸红得发烫了
我故意拍了拍手
那只鸟撑了撑翅膀
突然飞起来,竟然不费力气地
又飞不见了。

南方寻梦

要是南方的风停在
那年的六月
骄阳下的黄土沙石是勇敢者的旅行
南方的火焰在大海之中

飞翔必须张开自由的翅膀
不然无边的夏日如何成为一片湛蓝
融化的白云如雪
只有看见大海才能完成青春的心愿

要是南方的风一直吹
不仅六月,而是在四季的海边
我的船儿淋着太阳雨
船行时跃起朵朵浪花

从此我是一个航海人
朝着大海之中不灭的火焰
还有一船梦的星辉
时而风暴,更有漫天的霞光

你的微笑带来了阳光

你的微笑让我迎来立冬时节
你说我带来了阳光
你可知道,你就是阳光
第一次见你,仿佛和你已见过无数次
那么熟悉,那么温暖

读《致橡树》,我的心回荡着爱的箴言
读《真水无香》,我暗暗地想
要做就做你那样的人
你温文尔雅,腹有诗书气自华
你谈笑风趣,陶醉在阳光里的表情
是女儿的憨态,不泯的童真

你无意间将文学的种子播撒
从美丽的鼓浪屿,激起朵朵浪花
到大江南北

到了我的小小书房
从此,我的书房多了一束阳光灿烂
有诗意,有真情,有希望
从此,我蹩脚的诗句跟着你蹒跚学步
我生活的信念有了兰花浅淡,真水无香
从此,我爱上了木棉,日光,春雨
并开始相信,这个世界存在着伟大的爱情

我想拥抱你一次
就是想记住,在这个立冬时节我拥抱的阳光
你的微笑给了我勇气
是突然多出来的幸运和满足

鸟叫声穿过

穿过风。穿过窗户
穿过我的发际和手指
穿过黎明的耳朵
穿过发动的汽车，地铁
树叶的缝隙
密集，清脆，嘶哑
穿过瘦下来的树林
被人遗忘的山路和呼啸而过的站台
打桩的工地
婴儿的哭声
穿过初冬的阳光，拐角的一树紫荆花
专注而热烈
它们是一个族群
如同人类

片 刻

时间正在赶脚
如果忘了时辰
就听听窗外的扫地声
风卷起落叶飘下的瞬间
太多的尘需要清扫
还有踩踏空易拉罐的声音
日常如此节俭,无多欲念
早晨期待的光照向阳台
挪步到简净的茶几上
几朵康乃馨开出洁白的花

千年的梦

飘着银杏叶的街道
古榕树侧卧古南门的庭院
沉重的斑痕挤压着硕硕山石

我凝视江水塔影
冬至不期而遇
最漫长的夜挂起褪色的红灯笼
如幽秘的前世

一片叶子飘到我的脚尖
踩下去的那一刻
淡去的韶华浮出水面

阳光在冬日里作画
神的祈祷来自遥远的村庄

蓝色的月亮微笑着
玻璃屋是离星辰最近的地方

我听见桃花江的江水奔流不息
每座凸起的山峰
都有自己千年的梦

七月的田野

要安放好自己
才能看清燃烧的白色火焰
风迷醉于蔚蓝
将云朵吹向田野
吹向山下的炊烟

泥土芬芳的气息,因为下雨
荷花的花苞正等待七月的小船
踏歌而来

风车转动着黄金的手臂
鱼群涌入清泉的村庄
两只白鹅从碧绿的倒影中游过

群山相互依赖
格桑花星星点点

经不住太阳底下的诱惑
走过吊桥
恍若走过摇摇晃晃的人生

期待之诗

我能感受风从三月的窗口
纷纷降落樱花雨
感受并非普通的一天
尽可以说风能听懂的语言

房间的灯在水上漂
摇摆不定
独木桥,静静的梧桐
长椅上湖泊的气息
有多少好天气可以出门
当早晨的期待胜过夜晚
樱花树下人声喧哗

而我的三月,闭门不出
不去花朵们舞蹈的林间
隔着铁栏杆的窗户时晴时阴

风穿过弄堂,陡然地,若有所思
梳理春天的枝条
为盛开的云樱,飘落的哀伤

天一层层变暗,又一层层点亮
水上烟波浩渺,鸟儿低空急飞
余下水流,白色的泡沫
我站在水岸,等一束光照向水面

秋 思

白天的强光投向地砖
重重叠叠的脏脚印
我该不该将它们抹去呢?
工人们在太阳底下挖土,修路
安全帽,铁锹、压路机……
还有人爬上了五层楼高的外墙
机器不间断的轰鸣
地表振动
地铁飞速地穿过高架桥
我读了一页希尼的《踏脚石》
然后放下
手机跳出一条资讯:
会穿西服的女人气质迷人
我们活着
踩出重重叠叠的赃脚印
扫帚扫,拖把拖

风卷去，雨洗去
九月的深圳穿着夏衣
浅浅的蓝
云朵浮在海面
我喝了口水，润了润嘴唇
脑子闪出一些秋黄的画面
稻子该熟了
神秘的白桦林
水果湖高大的梧桐树
天气转凉
植物园里荷叶枯，菊花黄，桂花香

秋天的光辉

薄雾的光辉照向我们
一只灰喜鹊
从一棵树飞到另一棵树
长尾巴扫过群山
黄栌叶红了
白杨树摇曳着黄灿灿的光芒
我们朝着山谷喊
喊来了草叶上的露水
喊来山楂树、柿子树
红红的果子
山野的浪漫开了花
我们和花朵一样鲜艳
我们在镜头里，笑出了声

秋 夜

谁掀开秋夜的序幕
隐约闪烁的那一颗
借划过的流星露了下脸
溪水流淌着旷野的月光

风吹过树梢
群树披着圣洁的衣衫
被点燃的夜
为枕着一笼月色而愉悦

山居可以梳理水流的方向
未来可期
秋天清空了一些杂色
留下一地金黄,在星空下

去山中

这是灯笼树,那是核桃树
你说,山上有灰喜鹊
长着灰羽毛、长尾巴和红红的嘴
柿子都熟了,咬一口特别甜
你是个画家,这让我羡慕
你来山里三次了
说话时,眼里的亮光
让我更生妒忌

我们站在高高的山上
朝着漫山遍野的秋天喊
哇——
一只灰喜鹊受到惊吓
扑腾一下,飞到一棵柿树上
又扑腾一下,不见了
过几天,我发现

它飞到了你画的水墨画
一树盛开的紫荆花

清 明

窗外还在下雨
没有停的意思

四月就是下雨天啊
细雨滴答
不由得不去听

往事如风,外婆已离开许多年
她是我儿时,夏天的夜晚,竹椅和星空
她曾笑着笑着,手擦去眼角的泪花花

还好雨纷纷,代替了远方的我
她身边的荒草,想是又绿了一回

清泉路

楼下怎么没有路灯,那么黑
清泉路的街区如果散步是好的选择
七月,热浪开始汹涌
一年已过半,我们却身陷围城
被迫习惯挖掘机无休止的纷争
那么散步吧,总会有风吹过清泉路
总会有雨,淋湿小镇的灯火
在渐凉的夜色中,照亮围城的一扇门

日落之前

我要赶在日落之前
收集阳光的碎银
并观察叶子
在秋天暗示下群体的沉思

芦花顺着风的方向
晃动手臂。它们挽留夕阳
挽留草地上
一小片金黄激动的眩晕

在一条河边的走廊
秋虫乱飞。暮色里
河岸忍受着即将到来的苍老
垂钓的鱼竿
只在乎过程

而结果是
人们望着湍急的水流发呆
小狗不懂世道艰难
伸出舌头傻乐

最后一抹余晖
从树杈的缝隙中消逝
我胸口一紧。好像触碰到了
最脆弱的部分

润物细无声

雨昨夜落下
树木沉静
轻柔的声音
盖住了街上的喧哗

晨起听见鸟鸣
清风潜入室内，不易察觉
窥探墙上的时钟
不可抑止地在周围流转

直到我也能听见
它们把细雨拉长，绵绵不绝
那些来自今朝的暗示

雨打湿落叶

如同往昔
有些事物正在改变
而有些事物，比如春雨
去年以及之前都来过

我翻开书页
读一首千年的古诗
好雨知时节
润物细无声

三棵山楂树

有三棵山楂树
一群写生的学生
嘻嘻哈哈地说

而事实上不止三棵
他们加入了什么
山的轮廓,色彩,还是
一大段留白

要不就是他们青涩的爱情
正被嘲笑和羡慕

谁偷偷地
将两颗山楂果放在石头上
红色的光泽真好看

山　边

沿溪流而下
几片黄叶顺水流去
偶尔扭头看一看
水从哪里来,又流去哪里
池塘倒映身姿,水鸭栖息
我从一块块山石走过
看见柿树闪着微微的红光
抚慰山的凋敝
一定有奇迹发生
泉水浇灌山下的人家
春天的种子要发芽

山 谷

在静谧的地方我找到自己
我敞开心胸呼吸
并听见轻轻的脚步声
我想起我的名字,花的名字
你的名字
我们同在一个山谷
与一座山相遇
银杏树从远古走来
树叶金黄灿烂
山林在风中呼唤,鸟儿应和
前面一条诱人的小路
弯弯曲曲

山脚下的光阴

山脚下的村庄
一棵樟树遮蔽屋檐下的风雨
泥土孕育菜花的香
黄昏笼罩农田

炊烟袅袅的时候
母亲揭开灶前热腾腾的锅
归家人锁好汽车
朝屋子里喊：我回来了

每天这样多好
光阴清淡，如一碗白米饭

圣诞节会下雪吗

时间比水流还快
关系的魅力无意进入我的视野
我独享晚餐
悲凉而空阔
果盘里苹果有细密的暖意
圣诞节会下雪吗?
屋檐上闪着寒梅的祈福
来吧,下雪吧
面对烛火,我想收到意外的礼物
仿佛时间又回来了

石头说

它是众多孤独中的一颗
即使每天听见溪水的欢唱

山坳的冷清澈
月亮转动着季节的时针
我找到这颗石头
虽孤独却安享其中

流星划过天穹
点亮山谷的幽静
灵性从山上流淌下来
我捡起它时
上面密密麻麻写满了文字

我摸着石头的刻痕

像读一部天书

山下炊烟袅袅,人间正酣畅

时间的大部分

白天爬上楼梯
忽明忽暗的光线也在走动
它们正在消逝的足迹

一片羽毛眺望窗口
时间的大部分,都是独自攀爬
并为此拼尽全力

我需要折射出那些明亮的希望
当羽毛长成有力的翅膀
完成一次冲天的高飞

时间是

我挪一步,你就往前挪一步
有耳,听流水清音的单曲
或是循环的步子,围绕宇宙之轴
一分钟六十秒,两分钟一百二十秒
那么,一天复一天,一年复一年
我挪一步,你挪一步
喜慢,亦喜超越
无影,无心。世界的耳朵

时间向前

太多的雨被占领
天空终于应验了一场风暴

然而,早晨依然平静
远非我的想象,仿佛知道
有些事物再也经不住猛烈的冲击
那闪电和雷鸣

无关勇敢,无关幸福
当雨渐渐弱了
树叶都仰起了头
它们饥渴的唇开始湿润
夏日的漫长等待
海风席卷海浪,乌云压低

终究是场急雨

窗外传来开门声,地铁呼啸而过
当我还在沉思,所有的都出发了
新的一天,时间向前

水流拐弯时

像是石头的斑纹
漩涡激起微浪
逆水而上的树瘦骨嶙峋
惊落一片枯叶

山行于低处
初春泥泞的寒意
群鸟喧闹后飞向山林
各回各的窝

一片静地
众树听风打坐
水流拐弯时,落叶转着圈
舞出最后的优雅

四 月

我走上一个小山坡
许多花就开了
这个僻静的地方
鸟声比任何时候都悦耳
偶尔看见一只麻雀飞到枝杈上
朝向黄昏升起的薄雾张望
山林的私语谈论着脚下的石阶
在一个石凳歇息
风也来了,大片大片的树叶落了下来

来不及清扫的小径
落叶更是伤春,比冬天更为扎眼
再也回不到树上
新冒出的芽尖站满枝头
雾慢慢散去,不知所从
我转身,远远地

你向我走来,笑出眼角的皱纹
和额头上晚霞的余晖
你是其中的我,是花应时而开
知道从哪里来
而四月的经历,正挥着手
向那些落叶和坡上的花

速 写

早上,知了高吟
一棵棕榈拖着长长的叶片
趴着喘气
太阳闪着白色的光
明晃晃

偶尔有风,小径旁
蓝花草殷勤问候早安
蓦然邂逅
紫色的花瓣浪漫又温存

几只飞虫往龙吐珠里钻
蚊子驻扎下来
叮咬我的手臂
以提醒它的存在

巨大的气流包罗万象
从四面八方涌来
又急促地涌向目的地

正在或将要发生的
热度升温

山上的月

白月亮钻出云的被窝
早起的鸟儿飞到树上鸣叫
吵醒了邻家的小狗
宽阔的水渠
水声响了一夜

一道光从东边漫过来
漫过蓝天的窗帘
漫过月轻柔的臂弯
山爬起来
戴了顶镶金边的草帽

我左手提一壶月光
右手随意涂抹
恍若神助

画了一座金色的山
再在山巅上，点一滴月的露珠儿

生日诗

有如闪光的丝线
在你的脸上流动
我们相遇在海滨的城
那时我长发飘飘
从此,九月流露出愉快的明朗

站在城市的窗口
白天比夜晚更有秩序
花篮中的月季和百日菊
都开得很好
我想打破常规
不写过去,写一写未来
因为现在,就是我和你过去的未来

生活平常而又平静

多是色香味俱全的菜谱
回到故里,我们都喜欢去江滩
吹着江上的风
望着江水缓缓地流
望着夕阳,一起老去

数　学

数学是个迷宫
而我已退化到 1+1=2

他讲述的一些数学的运用以及
书上密密麻麻的公式
我云里雾里
但确信，他的世界的无限奇妙

那些数字和符号
都长着小翅膀
从很远的地方飞来，孕育、生长
又飞向很远的地方

一样的天马行空
灵感的瞬间
仿佛时间折返又远去

我开始明白减法的意义
而他,是我计算 1+1=N 的
多个可能

谈谈深圳

当谈到广东，谈到深圳
谈起舌尖上回味的早点
我就笨拙而词穷
我似乎还在用武汉话写诗
而在深圳我过得很好
虽然至今仍不会讲广东话
日常口语也有了南腔北调的深圳腔
广东以外都是北方
在北方我却是南方人
分不清前鼻音后鼻音平舌音翘舌音
时间久了，我告诉别人我是深圳人
大多数人都能听懂
其实，爱上一座城才会在此安家过日子
尽管每次说起武汉有些落寞
热干面，豆皮，面窝，小汤包
母亲煨的莲藕汤

都成了思念的味道
我依旧弄不清深圳的冬天什么时候会来
是不是就在这些天几场秋雨之后
冬天将至的仪式感
那么,深圳好在哪儿
好在南腔北调的普通话
好在四季如春的天空和大海
好在都是离乡背井
为了小小的梦想
而这座城向无数异乡人敞开了怀抱

早安,深圳!
早安,母亲!

桃花源

没有桃花,却感觉处处桃花开
江水像蓝宝石一样蓝
屋檐上恍若有积雪覆盖

江边的木船一字排开
还有一只藏起来
等待洞口的一束光

潮湿的岩石有颗坚硬的心
也有出世的柔软与旷达
静谧的庭院,吟诵陶公的诗章
怡然有余乐

我相信那束光从未泯灭
好比我爱着这空蒙的山色

行舟,垂钓,漫步
独我,在烟雨中

听音乐会

春风沉醉的晚上
向西出发
一座高大的建筑,一群人慕名而至

德沃夏克大提琴协奏曲响起
仿佛世界来到一个牧场,一个果园
在那遥远的过去,也有一群人
他们并不富有
但优雅地活着,恋爱,思考
游走在山间,林间,清澈的溪水边

悲怆的结局像海水一样席卷
当柴可夫斯基 D 大调回旋整个大厅
我已听不到任何声音

她

她素净,优雅
白针织短袖搭配浅墨绿裙子
身边有个漂亮的女儿
高挑,健康
穿淡粉的连衣裙
皮肤嫩得能弹出水

她的女儿挑中一条
正流行的阔腿牛仔裤
高兴地撒着娇
也许在解释要买的理由
她微笑着应和

我猜她不写诗
眉头没有忧郁的留痕
人到中年,我情愿相信

她的生活就是诗
她是个像诗一样的女人

太阳向西

你敞开窗户
发现窗外亲密的树叶
一片树叶落下,又一片树叶落下
谁也不想离开谁

黄昏时经过一个小山坡
一群放学的孩子
卷起一团汗淋淋的体热
让你感觉生命的跃动和膨胀
他们往山坡上跑
跑着,跑着,天就黑了

你想抓住时间的风
而风是抓不住的
天地之大,有着相同的生命密码
太阳西沉,又从东边升上来

贴地飞翔

银杏树茂盛的时候
古老的神奇弥漫山谷
深秋如此欢乐
金灿灿的,令人浮想联翩

我们不停地行走
为了一处河湾,一片瓦房
倒影来自未察觉的秘境
和碧波的歌吟

一棵树与另一棵树相望
蓝天白云被揽入怀中
行者的心长出隐形的翅膀
贴地飞翔

田园生活

一堆书籍,一束花
明黄吐露透明的秋意
听一段音乐
田园上轻盈地飞
向日葵含笑
暖暖的阳光

不必舍近求远
去看别处的风景
喝杯茶,想想关于光的事
想象花海中的向日葵
清晨悠闲地散步
日落了,就把星空拧亮

外　婆

外婆一头短发整齐地梳在脑后
笑起来露出一颗金牙
眉毛很浓，眼睛很黑
年轻时应该是个大眼睛的姑娘

她七十好几头发也没全白
开着一家杂货店
平时坐在店门口看街上来来往往的车和人
她是旧时代的人，却没裹足
我是被她带大的，但记忆是从六岁开始
每次受伤都由她照顾

外婆什么时候走的记不清了
只记得那年我在外地哭得昏天黑地
或许正是清明时节
我不忍翻看旧日记，回忆是伤感的

尘世间没有永不消逝的事物
万物从生长到老去，留下永远的痛

我想念外婆
想念她的老花镜，想念她的笑
写出的每一个字，都是她的影子

我的脑海有一条波浪行进

我的脑海有一条波浪行进
我们各安天命
春风吹过
夏天就伸出了手掌

其实无处安身
我们一生都在流浪
有时慌乱如浪花飞溅
当遇见阻碍暂且停止了声响

一滴水干了又有新的一滴
穿石，汇集，形成新的浪花

我已准备好
随时接住浪花的馈赠

我的心里有一个远方

我的心里有一个远方
那儿全是野生的花草和高大的树木
山泉自上而下
水流清澈，弯曲伸展
我想搭个木屋
但我不善于独处
如果没有一只小狗陪伴

我在清晨爬上山顶
听风，眺望更远的边际
周围的一切，我们彼此喜欢
我边走边哼着小曲，仿佛回到儿时
小狗跟在身后，寸步不离

我知道，那些常年住在山里的人不屑一顾
他们说，身在福中不知福

这没什么,每个人都会有梦想
所以,每个阳光明媚的早晨
我朝着远方的天空出发
带上心爱的小狗和吉他

我更爱一些朦胧的事物

我更爱一些朦胧的事物
不想解开月光的忧愁
我要花费所有的时间
摁住庞杂的头脑风暴

我想给自己另起一个名字
让你猜不透我是谁。我的忧愁
也爬上了树梢
我们需要彼此
在这冰冷的夜晚

而我更爱一些,比如
山谷里一团白色的水雾
你目送我的背影,走进月光

我和姐姐在梅园

闻到香气,我赞叹着
这么多梅花开了
一大片,红的,白的,黄的,一棵接一棵
一树好看的蜡梅开在园门口
我一时惊喜又无措,怕是接不住扑面而来的香

有旁人在吆喝他的家人
"走啊,在一棵树下紧转,前面还有好多,
真是只看见一棵树,看不见一片森林。"
听到这一嗓子,我竟偷笑了半天
只有家乡人能听懂的方言
老家人仍是幽默

我和姐姐在梅园
这一天,大年初三
早晨刮起冷风,随后下起了雨

游人不多,运气再好不过。
我俩结伴赏梅,衣上沾了梅香。

我假装牵着一匹马

我假装牵着一匹马
在壁画里
我看着前方笑
相信前方一定不是荒野

那匹马不知是谁的
我假装牵着它
它很温驯
我的脚步小而轻

一家私宅大门紧闭
我好奇里面的日子
银杏树冷不丁探出一片黄
叶子闹得正欢
清冷的冬日因此妩媚

天色尚早,茶馆无人
我想象从前牵马的年代
日子过得慢
也一定有人看着前方笑
窄窄的巷子越走越宽

我们坐在江边吹着江风

我们在夕阳下吹着江风
盯着一艘小船
你说小时候在江边游泳
那时船很大,江涛阵阵
你的胆子很小却无邪无畏

我小的时候
见过大桥下的江,码头旁的江
轮渡时,江鸥飞去又飞回
黄鹤楼上远眺
白云千载,烟波浩渺

我们也一起飞
飞向更南的南方
后来,乡愁即是江愁
看见大海好比看见长江

我们坐在江边吹着江风
夕阳停泊的水平线
波浪，江影，重逢的喜悦

我需要

我需要一个安静的地方
并非是离开人群

我需要的音乐
能让我的心跳有美的韵律
去想琐碎之外积攒下的思想

我需要脱下鞋子
在海边的沙滩上
放松脚丫,面向潮湿的海风

我需要在雨歇的时候
经过雨伞树
走在青草地上
看一只鸟飞下来,灵敏地吃掉虫子

当我出神
我需要你拍拍我的肩膀
就像我第一次看见你
你的微笑和明亮的眼神
让我彻底安静

五月令人惊讶

五月令人惊讶。
这么热烈的海风,像一匹骏马在奔跑。
但只有一小块草坪
太阳放心地搬出火盆,拨弄着火苗
烤着我们的肌肤。

要知道立夏了,海风都经历了些什么
竟然毫无顾忌地撒开蹄子
向我们奔来。
而你永远不知道它长什么样。

我想象的五月
海风用手指点燃起浪涛的火焰
用更多的曲谱,在海边,弹奏大海无边际的蓝。

马在地上跑,在天上飞,有着云的翅膀。
让我们有了火的知觉,并微笑着去爱。

温　暖

夏日醒得早
我躺在床上读诗
我闻到一种甜,是雨滴入树木和泥土的气味
我已经好多天没有下楼
去抱一团清甜的空气回来

窗台上,光线安稳又晃荡
八段锦的口令穿过七拐八拐的小路
升上云端
那个清瘦的老头儿
失去水分的腿脚还算灵活
一个酷似我女友的人打着太极

炉子上嗤嗤地冒火
剥鸡蛋壳的嘎嘎声
你喊了又喊

馒头蒸好了
我回过神,起身走向餐桌
看见你坐在沙发上,低头看手机

真好,又一个平凡的早晨开始了

悟

两个石头打坐
一个是禅,一个是悟
树林,杂草,溪水
释放所有的慈悲
村庄守着旧时明月
有人离开,有人归来已老
一对大红囍帖
好日子才刚刚开始
门庭简陋,粗茶淡饭
小欢喜来自黄野菊
一茬又一茬从石壁钻出来
在这个秋天

下雨，下雨

下雨，下雨
我的诗句是徒然的
雨声变换着节拍
女友说，上个月她那里曾暴雨如注

她的城市有长江
我的城市有大海
水居住的地方，住着水一样的人

今天早晨，我们各自从家里出门
不论有雨无雨
都找出最舒适的鞋
穿上最舒适的衣裳

夕阳下的湖

夕阳网住湖心
鱼儿探出水面
摆了摆尾,钻入水中
咬了咬鱼饵,又松开

月光托起一朵荷花
耳畔响起轻轻的歌

你穿行于温柔的夜色
寻找月亮的眼睛
星星若隐若现,偷偷地笑

西湾红树林公园

海涛依旧
公园里的心跳
来自金湾，西海堤，红树林
水鸟立于浅滩
翅膀接住浪花的水珠

致密，幽静，这些植物群落
人们憩息，嬉戏，就像水鸟
演绎天堂的模样，在那里
也会有我们的巢穴

从绮云书苑出来
海风吹向栈道
晃荡的海面
飞机穿过历史的重云
俯瞰这一切

如今山河瑰丽
沿着海边漫步,时间推向以后
将被书写的,仍是丹心一片

溪　谷

叶子像金子，似乎摇几下就可掉下来
瀑布挂出明亮的白
天空来到尘世
树，有长得好看和不好看
但我对不好看的树
多看了几眼
那是野生的，不可抗拒
比如崖柏藏于千年崖洞
不易发现，却是造物主的稀罕物
欢快的溪流
石头都阻挡不住
从高向低，形成湖泊
又流去哪里
我也是水，但不在这儿。至少
我记住了它们，柔滑、激动
像丝绸的水滴

休息日

山与山之间
可以找到适合的话题
仿佛一个又一个小山头
拱手示意。吃一顿农家饭
尝尝醋溜土豆丝拌着红辣椒
不谈风月,只谈诗酒人生
我们有真诚的微笑
在山的面前都诚实
急行绿道千米之外
风宁静
阳光不浓也不淡

下午茶

要清素一些
先学习茶艺
山林幽静,水流缓缓
绿、红、白、黑,各有出处

寻茶,问茶
整个下午,任云山雾绕
大山养育的每片叶子
质本洁来

靠窗,端坐
左手取杯,右手提壶
闻香,品茗
慢慢地,时间也是
在茶水里浸泡,一种慢的艺术。

下雪了

下雪了
父亲发来照片
薄薄的一层雪覆盖在屋檐和地面
树枝接住小小的雪花
我的手接住雪花的纷飞

我的手在冬天
像皱巴巴的红萝卜
小时候我堆雪人
在雪地上溜冰,奔跑
笑声像雪花飘,轻灵,远远的
母亲能听见

母亲为我买过一件红格子衣裳
过年了,蜂窝煤的炉子也生起来

我们围在炉子边,烤红薯,嗑瓜子
脸颊红红的,眼睛里闪着光

父亲是个开朗的人
他说,瑞雪兆丰年

夏风凉爽的村庄

村庄是花朵安睡的窝
当月亮高悬
星星打开黑夜的门

夏风凉爽
路灯为晚归的人点亮
天空的云彩潜入夜色
温暖夜的背影

我拎着一盏灯
像个不知疲倦的旅人
等待太阳爬上东边的山头
风从耳边吹过

夏 荷

海风清凉的早晨
池塘里的荷花开了好几朵
盛夏如此地靠近
风吹来时也放缓了脚步
我心中的荷就是这样子
清圆,亭亭,不蔓不枝
她有一把碧绿的伞
她的倒影很好看

谁说远观更好
这个早晨
我走近池塘
我的倒影也在水中

夏日的一天

清早打开窗户
海风便哗的一声
赶赴下午的一阵大雨
玻璃以外的天色暗下又亮起

生活多要忍耐。在南方
文殊兰,琴叶珊瑚,龙船花,五彩苏
这些盛开的花朵,尽情且美艳

我等待雨后黄昏的喘息
踩着未散的热气
去后山坡,把膝盖的冷逼走
看池塘水涨
睡莲浮动,连接

夕阳一点点沉落
熄灭的火炉
将完成这一天最后的乐趣

想着你想要的样子

天上的云一动不动
一场急雨正要落下
无风的时候,草木藏起锋芒

闪电是雷神的刀光剑影
红灿灿的火凤凰有人爱着
大雨打落了几碗鸡蛋花

无所事事时,避开方寸的狭窄
和窗外的电机声
但这一年我放下了许多
比如旅行
而你不在身边

天气多变
忽明忽暗
无休无止

但只要是想着你想要的样子
就觉得下雨是不错的一件事
在雨中,你绕道去一片林子
它环绕的湖水
住着蓝色的月光

向日葵

你开始思考
阳光从什么时候照进来又退下去
不是说每天的日出和日落
而是一粒种子向内和向外
生长力超乎想象
当你来到版画村，满园的向日葵扑向你
你被巨大的激动牵绊住
风吹来金黄的火焰
小蜜蜂举起了火把
千万朵花瓣伸出手，滚动着田园的波浪
夕阳下，碉楼耸立，仿佛光阴可以轮回
高与低，明与暗，白与黑
苍凉与希望
在一幅画里描述
你也在画中
又仿佛是你，拧亮了一小片星空

小世界

这是个我不知道的小世界
外面下着大雨
想必他们也听不见
我吃着一碗番茄肥牛米粉
不敢发出声音
因为这里没有声音
只有墙上贴着俏皮的手势
一团和善感染着我
可突然地静默让我
莫名不安
从聋哑面店走出来
雨穿过川流不息的车辆
一个拉着小行李箱,神情落寞的青年
从我身边走过

小雪记

阳光白白的
像雪,一片片,粘在光影处
墙角的柜子突然起身
堆积的书籍也突然,抬头张望
它们也知道小雪的降临吗?

我想放下书籍的沉思
走出去,去到那明亮的河对岸
站在干枯的河堤上
看群鱼托起紫色的睡莲

我想把小雪的消息
说给风听,说给鸟听
用冻伤的手浸一浸睡莲的涟漪
细细的,成堆的
冬天来了,并正在流逝

但能相信吗，时间会回来
那场雪一直下
一直，落在我的头发上

小镇老人

这微笑应属于生活
或更多深意
沟沟坎坎的尘土
沟沟坎坎的皱纹
一生有过多重角色
儿子,丈夫,爷爷或外公
细眯的眼睛依然有光
风干的自行车吱吱地响

他将要去何处
在这个冬日
门窗闭着。弄堂冷清

习　惯

多年的一个习惯
父亲牵着母亲的手过马路

仿佛还在花前月下
山高水长。我跟在他们身后

我的爱人牵着我的手
我牵着我的孩子

我们的手都握得紧紧的
风吹，吹不散

写诗的日子

暂且避开高耸的喧哗
生活安逸,简朴
幻想隐居
一陋室,一杯茶,一本书

我想找回被遗忘的密码
并译成诗
家人对此保持沉默
仿佛我活在生活的边缘

有时候,他们偷偷地
看我出神的样子
仿佛要确认
我是否还在人间

写一首小诗给自己

进入初夏
从海上吹来的风
在懒懒的清晨
咸咸的
除了风
透过阳台,摇椅上
阳光的斑纹
就要离散
带着木质的温润
岁月是神偷
唯守静,方得云开
蓝,只是一小部分的
甜和苦
风,从海上吹来
摇一摇南方的树
小镇醒了

写一首小诗给自己
窗外，地铁从高架桥
隆隆地，飞驰的声音

心　愿

原本是想，点上蜡烛
许下三个心愿，我的孩子
但世事艰难，二月
春天的信使还在途中，抖落冬日的寒霜
我们深居简出，从焦灼到平静
度人间清欢
且等信使敲门的声音。
到那时，万木欣慰，山河无恙
我只剩下一个心愿
你是春天的孩子
我们去原野，去种一棵春天的树

新年将至

诗人们写一年中最后一首诗
但意犹未尽
人到中年厚道
大风起时,四季的叶子,撕到哪片是哪片
它再次提醒
我的南方不下雪。
而雪一直下
这样,失血的冬天才美到极致
拢在树下的雪在等我吗?
雪静无声,在掌心融化,古老而新鲜
旧岁打包收纳
新年的爱,只增不减

雪停了

雪停了
一轮清月拉开金色的幕

冬天一下子闯入
北方空旷的广场,风呼呼地
卷去夕阳最后的残雪

想起某年冬天,大雪纷飞。
刺骨的冷风,热气腾腾的涮羊肉
端庄而大气的播音学教员

我仍是那个一不小心就迷路的人。

树叶在风中仿佛叮当作响
一切可安好?但雪停了
我站在雪中央

小黄花

我曾经见过一些黄野菊
从乡村的土墙缝隙里钻出来,一把又一把
一个老农夫被姑娘们逗得十分开心
晒黑的脸笑得像黄野菊,十分茂盛
今天,我看见草地上
雨下过之后
一小片黄花开了
十分开心,十分茂盛
我没有拿出手机搜寻她们的芳名
她们也像那些小野菊,是时候就开花了
那种水灵灵的黄
代表着时日正丰美
一把又一把,一片又一片
在庸常到麻木的日子
我的眼睛也突然水灵了一会儿

学摄影

要找到光的源头
从哪个方向来
要知道折射出的阴影
和清晰的纹理
它们是有呼吸的物质
新鲜的蛋糕，水果
它们是有水分的
请把西瓜的水珠拍出来

这个桃花源岛主
是个头戴草帽，一身布衣的摄影师
他用双手比画着果盘
生动的表情
仿佛整个光圈都围拢着他

我的注意力仍放在阴影部分

那是强光投下来,清晰的
一小片的宁静
我像是抓住了这一小片
像是度过了一个宁静的下午

遥望有期

我流浪的城市成了定居之所
我的灵魂仍在出生之地
但它已变了模样
当我游荡在江城的东湖之滨
寻旧人不遇,全是新人
秋风吹拂湖畔纤细的垂柳温存
依然是静雅明净的胸怀
有如黄鹤楼立于蛇山峰岭之上
千年守望唐朝的烟波浩渺

遥望有期
当沉默是最好的表达
心与心交会的默契
长江之水永不停歇,淘洗红尘
时空交替,人们终有相遇的时候
不论旧人新人

就像登黄鹤楼远眺江水东去汇入大海
被意气风发撞个满怀

也许并非想象

这些船不过在浅海上兜一圈
让你尝尝海风的滋味

于是,美丽的活泼的
爱情、香槟、玫瑰
在海上航行
她们属于蓝天,属于波浪

你走在沙滩
学习海鸟的姿势
风吹乱了笛声的幻影
在翻卷的浪涛里微弱

当所有的成了温存的念想
落日撒下金色的网

也许有一天

也许有一天
在空空的大街上
你从夕阳落下的余晖中
默默转身
我看见与你同行的风
和你的青春

一只鹦鹉

一个下午
我在一家茶叶店的落地窗前
突然发现一只鹦鹉
悄无声息,站在鸟笼里
流水漫过几丛翠绿的竹枝
一束阳光斜照屋角
红棕色的茶柜影射出光阴的明亮

这只鹦鹉一动不动
我说不出它的羽毛是什么颜色
眼睛是睁开还是闭着
这是个无所事事的下午
同以往很多的下午一样

而这只鹦鹉安于这样的时辰
不论我观望、走近

它就像凝固的音符
一个被忽略了的
只有在一束光里才能发现的惊叹号

当我离开,它仍不发出一点声音
仿佛周围的喧嚣与它无关

遗漏的光

需要找寻被遗漏的光
需要明白挖掘机大清早的轰鸣
并不是单调的提醒

这一年
我放下山水的旅行
旧笔记本写满对一座桥的眷恋

白鸟在天上飞
你坐在被树压弯了腰的黄昏
江上的鸣笛骤然响起

这意味着,桥又生出许多桥
意味着,被遗漏的光
抹不去泛黄的思念

疫中记

弟弟是医务工作者
在封城第四十九天
穿着隔离服,对镜头做了个比心手势
他不爱说话,但我相信他只言片语透露的严峻
父亲属于老派的坚强
能想象他如何安慰担惊受怕的母亲
姐夫下沉社区站岗,姐姐多少有点心慌
小孙女学着打鸡蛋
是个闲不住的丫头片子
小葫芦正蹒跚学步,一脸天真
大男孩好几天不刮胡子
我把遮住眼睛的刘海剪了又剪
掌勺的大厨一锅一铲评论天下事
这一年,人类史上最大的隔离
大地滚动逆行的春雷
武汉,这个让我迷路的超大城市

在惊天的波浪中,沉一下,浮一下
我一时忘记打开呼吸的正确之法
雨后空气甘甜,能不能吸入肺里

异乡客

绿色的指针转着圈
时钟不紧不慢
蚂蚁不怕路远
趁阳光好
忙着搬运冬天的食物

对面楼的脚手架上
工人们裹在橘色的工衣里
说笑声盖过切割机的嘶吼
拉家常，谈起老家的房子
算算一年的积蓄

天气预报说，老家雨夹雪
我望了一眼墙上的挂历
年尾追着年头
山一程，水一程
比春天的火车还要快

我们这些异乡客
像蚂蚁的辛劳，来来回回
早已打包好了阳光的行李
风雪无阻
那是回家的路

樱花开了

仿佛回到某年三月
零碎的粉色图案

夜里,一阵风来
樱花开了

仿佛是前半辈子
樱花树下数花瓣的女人们

如今我更愿意远远地看
她们一起任性,繁花一路

每年三月,她们复活了
我的记忆

有月亮的晚上

有月亮的晚上
我会在附近的操场走得久一些
并认真地想,今天是几月几日
是上弦月还是下弦月
她圆圆的样子又是什么时候
日子是不经算的
今天,她就在前面不远,伸手可摘
我故意放慢步子,走走停停
这样,她在的时间长一点
兴许日子就慢一点
比如,不再轻易谈论风月
不再在上弦月煮茶,下弦月望乡
月圆时,把存了多年的酒喝一小口
趁微醺,藏起一杯月光

这么多年，我还存有幻想
月亮不懂也无所谓

雨

下雨的时候
想象是徒然的
雨滋润万物
朋友说，上个月下过一场寒雨

海边的雨有什么不同
一片云飘向另一个城市
江上船只驶往各地港口

今晨，雨有了春意
出门时
我换上了最舒适的鞋子
春天已经不远了

月光飞来

一颗跳伞的星星降落湖面
峡谷原始又神秘

月光落在雪地上
风掀动空谷的声响
一只白鸟蓦地飞过树梢
飞向远处绿的湖泊
树木开始夜巡
抖了抖鹅黄的披风

月光照见自己
在夜晚收起美丽的羽毛
那星火一闪而过
一切仿佛又恢复了平静

因为月光,万物温暖
我在寻找月光的脚印

云　雾

大峡谷的山高高的
连绵不绝
我把头抬得高高
眼睛望到更远
也看不清山巅和崖壁上
长了多少棵树
崖柏又如何在石头缝修炼
方成正果
这里的山
一半是雾，另一半还是雾
它们与山缠绕
久久不散
它们要把山填满，融化
化作水
此刻，我也是山崖上的一团雾
我要紧紧地，抱住山

有一种爱像海一样永恒

这场大雨就是
那些云布下的
我走在茫茫沙滩
那成团成团的云
布下了一场浩大的雨
盛夏又有了无尽的方向
这个海边如同我去过的那些海边
所有的想象都是为了那茫茫无边的爱
不受任何阻挡
我身体里的血液融入了大海的蓝
如同蔚蓝色的天空
澄澈,宽阔
我一直相信
有一种爱像海一样永恒
并在唯一的世上,完成你许诺下的心愿

在石板岩,遇雨

清晨的雨
有些冷清
落在石板岩的高家台
一幅巨大的山村秋雨图

鸡冠花,翠菊,牵牛花
在泥地里站着,坐着,趴着
狗尾巴草不知为何得意
摇着尾巴

山山相连,云雾环绕
溪水从山涧挂出云峰的阶梯
我们在画室听雨
与山对望

黄昏的灯光

亮了石板路旁的村舍
雨中散步,直到很晚
但山还醒着

在植物园发现芷香汀

我弯了弯腰
湖水就向我靠近一些
空白消失了
我很快想起
你是一丛兰草,被抚摸
蔚蓝的天空闪了一个时辰

戴草帽的垂钓者喜欢
与孤独打交道,背影比黄昏长
被凝固的不止夕阳
还有新结识的一片林子
这个叫芷香汀的地方让我亲切
如果迷了路,有星星引

在成都,看画展

看画展仿佛看到另一个我
多年前的一个下午
光影落在旧式的五斗柜上
铜质的旧时光
让我想起遥远的学生时代
教室鸦雀无声
看书的呼吸随着情节起伏
有个小秘密在心中滋长

画中的女子眼神清亮
与我对视
斑驳的光影流连在
她红润的嘴唇
和绸缎般的发丝
那双洁白如玉的手
被我的目光锁住

一曲青春的歌谣回旋在
时光深处

噪音及之后

楼上在装修
不说你也知道
难忍的噪音
捂住耳朵也无济于事
我拿起一叠便笺
写着：好在早晨有微风
好在，几棵高大的棕榈树在窗外，
晃动着绿色的长叶
字迹歪歪扭扭
以此来宽慰，微风、绿叶的好意。
安一扇降噪窗吧
有一种忍还是忍
窗子敞开
我想听见一个声音传来
是你讲给我听

站在悬崖的边上

秋天的山层林尽染
明媚的光
让静如止水的村庄抖动了一下

风声如雨声
树叶簌簌地交谈，它们的存活，生长
只要一棵树和一片土壤

直到凋零
都不需要多余的爱
山风给予的安慰足以度过一生

我与这些光有了某种联系
站在悬崖的边上
我的弱小不堪一击

山谷深不见底
我抑制住想飞的诱惑
握紧了拳头

这一年

我站在窗边
望着大吊车开进小区
穿工装的几个人
星期天也不休息

这一年我们都很善良
下水管要更新
外墙的颜色换了两次
路过时,一个工人对我说:
从那边绕过去更安全

这一年,被原谅的事情中
还包括随时被切割的时间
那些老人无处可去

一只猫坐在早晨的巷口

天空正发出预警
八月的台风就要来了

在海边

眼前的事物冰冷,坚硬
在大海的往返中
浪花可以诱惑黑夜的萤火虫
但海风将梦切割,廊桥孤立地侧身

树叶们热情地谈论
沉默不代表无动于衷
疾风撞碎的石头瘫倒在沙滩
最美的海岸也需要复原

闲谈已变得不确定
浪花舔着岩石未愈合的伤痛
而追光的梦加速着行程
理想的芳草一根根结成草叶集

海水那么远
远到风浪呼呼地沉睡,充耳不闻
预料之外的奇迹,时间在流逝
孤独有虚无的忧伤
生活的苦也是甜的一部分
你站在无边无际的岸
霞光渐渐虚弱
而爱的幻想,如闪烁的星

这个村庄的古老被云描述

村巷窄窄的
拐角的屋檐挂着两只红灯笼
斑驳的树荫
泉眼无声
小池塘水涨
荷花的秘密卧在水面
一片叶子乐于与蜻蜓周旋
大榕树善意地垂下枝条
天空披着水蓝的布衣
这个村庄的古老被云描述
那些年,清欢的愿望
一树火凤凰又爬上了土黄的墙头

这一天我沿着河道走

这一天我沿着河道走
背了个小背包,包里装着帽子,雨伞
和水
河水哗哗地流,岸上有晨练的少数人
绿植物因干渴呼出热气
天上的云变换着表情,太阳在云里沐浴
一场急雨落了十分钟
而后是小雨,凉爽地淋在身上
我加快了脚步,没有撑开伞

早晨散步

早晨散步
我把诗歌装进口袋
这是初夏
天气预报说
雷雨正在酝酿一场
天空与海洋的音乐剧

我围着操场走
塞上耳机听着朗读
美好的诗句
成为今晨清晰的注解

一地枯黄的落叶聚拢树下
阳光不曾放弃它们

鸟儿们茂密地鸣叫
那样地不知疲倦

早晨七点钟的雨

房间里有雨走路的声音
它走来走去
边走边小声地唱着歌
一阵雷响过,又一阵
雷,雨
越来越密
它走过七点钟的早晨
走过我身边的时间的事实
它唱着歌
就像早起的人
思维的漫步
除了倾听,还有别的什么
比如,你想都没想
鸡蛋花就开了,开在凤凰树旁
它们静静地生长
静静地凋谢

雨从头顶走过耳边，走进茂盛的草丛
房间里的脚印
粘住了花瓣和夏日的知了

知 了

雨歇的时候
知了躲在风的低处
几声长鸣,像撕破了嗓子

好了,别叫了
风,不是想的那样
很多事时间久了都会变

你还有一个学名叫蝉
没有你,我的童年多寂寞
而你,总也捂不住被撕裂的口袋
这样恼怒,像个小孩

只有等到夏天,你才会来
只有等到,雨携着风

在墙角拐弯的地方
偶尔，停下来，听几声

知 音

我习惯反复听一首曲子
当第一个音符起立
决定了我是否继续听下去
就好像我读着第一行诗
就知道谁是知音
清晨，我又来到草地边上
在这里我走了很久
白天从一点一滴的黑夜中起来
很轻很轻的月光落在短暂的失眠的窗口
到了仲夏，有足够多的光明给予我
这太好了
打消了我的种种疑虑
听着音乐如清泉缓缓流淌
仿佛我也被读懂
我的爱，触手可及

走进桃花谷

我想背着十月的背包
把一座山背回
还要装满柿子、山楂、山核桃和花椒
我是一个多么贪心的人

我要沿着溪流而上
去看看桃花
现在,我知道它们去了哪里

我的贪心不仅于此
面对高山,我的胆怯和懦弱无处遁形
我要让触摸过的岩石都留下我的体温
沁入到深谷里的溪水
哗哗地,芳香四溢

我还想请求山神给一棵桃花树
把它种在自家的院子
等三月来，桃花开

庚子年诗记

　　庚子年春,新冠病毒肺炎肆虐武汉,武汉封城。我的亲人在武汉,内心焦灼可想而知。面对疫情,谁都不是局外人。在深圳,我也居家隔离,每天关注疫情变化,并以诗歌记录心情。愿武汉春归如约,山河无恙,人皆安。——题记

1月23日,发生了什么

1月23日,发生了什么
——封城,封住了春归的火车
守望的孤岛灯火黯淡

新冠病毒肺炎,一个狡黠多变的新词
武汉巷陌冷风刺骨

众多的湖泊涨潮,逆反了季节

我的亲人,你们看似处变不惊
加重了远方的忧思

幸有白衣天使逆行而上
疫情之下,一束束挽救生命之光
如瑞雪,落满整个城镇

窗外晴朗

2月1日,窗外晴朗
但我不能出门

清早,院子传来扫地声
我受到鼓舞,抹桌子,拖地,给厕所消毒
洗手20秒

下午,麻雀在树上叫
它们不戴口罩,呼吸顺畅,来去自由
我羡慕这个不识愁滋味
不久前,我也在快乐地迎接新年,满怀憧憬

越来越重的暮色,使我头疼,怕冷

在房间里走动
并为我的脆弱而羞愧

如实记录

母亲说,煤气打不着火了
父亲戴好口罩和手套
到门口超市买电池、蔬菜和水果
来回电梯只一人
路上碰见五人,超市碰见五人
一个年轻妈妈抱着十个月大的男孩儿
在电脑前收费

超市一家很辛苦,每天开门营业
还要4点钟起床到白沙洲进货
除夕只休半天,吃了个年饭

父亲回家后洗手,换鞋和衣服
他们年纪大了。病毒很危险
母亲说,放心,照顾好自己的家

我守着窗儿
平安是福
窗外阳光出来了

空气里透着春寒

春雨在下
——致敬抗疫情一线的人们

春雨在下
一切都会过去
雨将洗去街上沉重的阴暗

我的朋友,你是一群人
是发热的光
点亮的烛火跳跃着生的希望

开往春天的列车
正与疾病狭路相逢
你们的武器是勇敢和柔软的心
在街头巷陌,行动如风
防护,救援

春雨在下
愿所有的病毒闻风而逃
愿万木新生,春花开遍大地

立 春

立春了,该有多美
而我的反应迟钝
你那里仍披着寒霜
许多双眼睛布满血丝
小草破土了吗?
春天里的小草,仿佛生命可以重活
我需要你的平安和微笑
燕子衔来春泥,落在窗户上
苦闷,煎熬,向来与我们同行
勿忘,春天将蓬勃万物和沉静的山河
小草争抢着爱着尘世
我们都喜欢美,追着光跑

等光来

姐姐每天在家群里发消息
大年三十,除夕快乐
初一拜年,平安健康
初五,坚持不出门,勤洗手

初七,发来无疑似病例奖状
苦中作乐
据闻立春的武汉,阳光明媚
姐姐发来宣传画
一位美丽的女护士戴着口罩
祝福2020年越来越好

我们强作镇定
在春天的路口,等光来

苦难教会我们

苦难教会我们
眼泪和牺牲
遗忘掀开迷雾
隐藏的恶,致命的惩戒

逆行者大勇大爱
如灵魂的镜子
无数提灯人的夜晚
对明天怀着热忱的祈祷

警惕!更大的恶吞噬着善良
疾病传染不止一种病毒
另一种遗忘

雨，以有恒的节奏落下
如履薄冰，丈量人间冷暖
忧伤的雨水，如天使的歌唱

备忘录

我们反复讲述爱和伤痛
关于这场战争
有爱，必然有恨
怎样去爱，我们正在努力
雪落在北方
雨下在南方
我们居住的大地，多难而多情
苍穹之下，有不能承受之重
和生命之轻
我们经历的，关于黑暗和遗忘
倾听善意的忠告
抱着决不服输的信念
我们需要一把盐
撒在将要愈合的伤口

雨水记

再怎么样,雨水还是来了
下没下雨不重要
大地将解冻,回暖
太阳照在空空的街巷
低至尘埃。接下来
桃花,樱花,梨花,一茬又一茬

但春天不一样了
若问归期,终究写不出激动人心的句子
拿什么告慰带血的战甲
如果继续赞美
光的桂冠该献给谁?

待春归如约

迎春花开在空空的大街
宅居窗内
观花人不敢窃喜
阳台上枯坐
每天重复却不一样

有人离去
医生安慰着病人
健康的人,都有良心
穿梭在城市血脉的志愿者
温暖了寂寞的花丛

阳光铺开二月的绿地毯
鸟儿在树上争吵
一声高过一声
耀眼的焰火如钢针,扎进夜色
哨声连绵不绝

愿能见面就见面,能开怀就开怀
待春归如约
所有的好,愿与你有关

余生好好爱

我们常说起岁月静好
居安闲,采撷些个小温暖
以为路很长,可以慢慢走
读些安静的诗,让时光无欲无求
深知此生有无助的悲凉时而侵扰

我们常喜欢仰望星空
捂住心中的繁星发呆，等天亮
如此齐心地等一个解封的消息——
困居的人们走出禁地
渡船鸣笛
江上的飞鸟追逐着浪花
黄鹤楼敲响平安钟
满城的樱花喜从悲来
劫后余生，我们要好好爱

"写一首小诗给自己"
——范明诗歌读感

◎ 张德明[1]

2020岁在庚子,这是一个让所有人都刻骨铭心的不平凡年份。疫情的肆虐让人们不得不停下了飞奔的脚步,宅居在家成为不少人起初难以适应但最终又不得不适应的一种生活常态。不过这也好,喧嚣的生活从此被调低了让人焦虑和

---

[1] 张德明,文学博士,岭南师范学院文学与传媒学院教授,南方诗歌研究中心主任,西南大学中国诗学研究中心客座研究员,全国中文核心期刊评审专家,中国作协会员,广东省作协首届签约评论家。已出版《现代性及其不满》《网络诗歌研究》《新世纪诗歌研究》《吕进诗学研究》《百年新诗经典导读》《新诗研究的理论与实践》等多部学术著作,出版诗集《行云流水为哪般》。在国内重要学术期刊发表学术论文百余篇,在《诗刊》《星星》《诗歌月刊》《扬子江诗刊》《诗选刊》《绿风》《诗潮》《诗林》等刊物发表诗作若干。曾获广东省青年文学评论奖、2013年度"诗探索奖"理论奖、《星星》诗刊2014年度批评家奖、首届"名作欣赏杯"优秀论文奖等奖项。

不安的分贝,忙乱的日子倏忽之间开始变得慢悠和有序,在不用被朝九晚五的上班节奏和工作日程不断催促的松弛情形下,人们可以安心地坐下来,读书,思考,写作,追问。就是在这样的日子里,我比以前很多时候都要忙碌,很多诗人不时发来了他们珍爱的作品,希望我能细致读取,顺便写下一些阅读体会和批评意见。在我阅读到的一众诗人的诗歌作品之中,范明无疑是特别值得关注的一位。她的诗歌,多以日常生活的记录和描摹为表达特点,着眼于在细小处投入目光、寄发情思,显示着具体可感、真实可信的思想情绪和语言魅力。正如她的诗歌《写一首小诗给自己》所暗示的那样,范明的诗基本上都是"小诗",而且是"写给自己"的"小诗",这种小诗,很少天马行空的悬想和不着边际的滥情,而是紧贴着生活的场景来写照,进入诗行中的其情其景,都有真切可靠的现实依傍,构成了别具情味的"小诗"。因其"小",所以诗之景象都显得细致明了、清晰可见,又因其为"诗",所以是对生活的概括叙说和情思提炼,凝聚着诗人观察生活、体味世界的良苦用心。

  我们的阅读就可以从这首《写一首小诗给自己》开始。全诗如下:

    进入初夏
    从海上吹来的风
    在懒懒的清晨
    咸咸的
    除了风
    透过阳台,摇椅上

阳光的斑纹
就要离散
带着木质的温润
岁月是神偷
唯守静，方得云开
蓝，只是一小部分的
甜和苦
风，从海上吹来
摇一摇南方的树
小镇醒了
写一首小诗给自己
窗外，地铁从高架桥
隆隆地，飞驰的声音

  这首诗篇幅并不长，而且多用短句构成诗行，节奏上舒缓、自然，显示出诗人气定神闲的精神状态和静观世界、细品人生的心灵踪迹。诗歌中其实不乏宏大的事物，大海、南方、地铁、高架桥，等等，都是工业化时代在人们心头烙下深刻印痕的宏观景观，但这些宏大物象在诗歌中的现身，并不影响诗歌整体上立足于"小"而造成的生活实录感，因为诗人并没有着眼于对宏大事物的目光投射和情感聚焦，而只是将宏大事物设置为个体存在的客观背景，试图从一个宏阔的视野和深层的历史语境下来观望和审视个体生存的样态与真意。我欣赏诗歌中所叙说到的那些细致可感的事物，诸如咸咸的海风、阳光木质的温润、带有甜和苦味道的"蓝"，以及倦意初消、渐次醒来的小镇。正是这些细小事物的逐一出现，才让我们有了进入可感可触的现实场景的真切体验，才能切切实实地走进诗人的情绪视野和内心生活之中，与诗人发生强烈的精神互动和情感共鸣，并获得心灵的愉悦和满足。

范明从事诗歌创作的时间并不算短，在长期的诗歌练习与艺术表达中，她形成了属于自己的特定诗学观念。范明认为："诗歌是一种记录，是现实的在场感。"在这样的观念引导下，她的诗歌便以自己的生活为起点，借录写生活来表情达意，从而形成了朴素、自然、平实、亲切并对生活不乏思考和发现的独到风格，正如她自己所陈述的那样："我的诗多是一种生活的呈现，一个生活场景、当下的心情、一个瞬间的想法，这也许是我写作时有意无意的抒写方式。把生活自然地呈现出来挺好的，只描述思绪的波浪，不说出困惑的答案。诗是千变万化的，有无穷的可能性，每个人表达的角度不同，想象不同，只是看谁更高明一些。我说的高明，并不是说把诗写得很复杂，很难懂，不知所云；我说的高明，我认为在于想象的高明，体验的高明。"在我看来，范明的确做到了她所陈述的这些，她的诗歌始终都有着坚实可靠的生活的根基，同时又在生活样貌的摹写之中，表露出自我对宇宙人生的某些理解和感悟。在想象和体验的呈现上，她的不少诗歌，都不乏"典范"和"高明"之处。

范明的诗多为"小诗"，这种"小"，并不只是说诗歌的篇幅不长，而是强调诗人对生活细小之处的真实的呈现。范明说："我的诗多是一种生活的呈现。"这既是一种诗歌写作情状的如实汇报，同时也是某种被诗人明确意识的诗歌观念的隐晦表达。正因为执着地秉持着"呈现生活"的写作理念，范明的诗歌才有了深入到生活的细部去窥探、进入到人文世界的深幽处去挖掘的表达动力与艺术可能。在如实呈现生活的层面上，我认为范明的"小诗"之"小"，具有几个值得关注的美学品质。首先，她的诗歌常从小处落墨，鲜明显现出现实的具象性。范明的诗歌以不断展开的现实生活为源头活水，将现实的诸般影像有效地摄取并纳入到自我的诗性言说之中，进入其诗行中的现实影像，都是一个个生动具体的事物，它们组接在一起，共同拼合成诗意盎然的艺术景观。"穿过风。穿过窗户。/穿过我的发际和手指。/穿过黎明的耳朵。/穿过发动的汽车，地铁/树叶的缝隙/密集，清脆，嘶哑。/穿过瘦下来的树林/被人遗忘的山路和呼啸而过的站台/打桩的工地/婴儿的哭声。穿过初冬的阳光，拐角的一树紫荆花。/专注而热烈。/它们是一个族群/如同人类。"（《鸟叫声穿过》）你看，诗人的观察多细致，诗人的体验多丰富，而这细致的观察和丰富的体验，是通过鸟鸣之下的生活场景的描述而得到验证的。在这首诗里，诗人写到了风、窗户、发际、手指、耳朵、树叶、山路、站台、打桩的工地、婴儿的哭声、一树紫荆花等等，这些都是具体形象的生动展示，其具象性特征是突出的。

与此同时，我还注意到，范明常常对"小"字情有独钟，对小的事物津津乐道，在小事物身上寄发自我独特的情绪和思想。她的诗歌，光以"小"作为诗歌标题的就有好几首，比如《小世界》《小黄花》《小雪记》《小镇老人》，等等。《小黄花》这样写道："我曾经见过一些黄野菊/从乡村的土墙缝隙里钻出来，一把又一把/一个老农夫被姑娘们逗得十分开心/晒黑的脸笑得像黄野菊，十分茂盛/今天，我看见草地上/雨下过之后/一小片黄花开了/十分开心,十分茂盛/我没有拿出手机搜寻她们的芳名/她们也像那些小野菊,是时候就开花了/那种水灵灵的黄/代表着时日正丰美/一把又一把,一片又一片/在庸常到麻木的日子/我的眼睛也突然水灵了一会儿",诗人着意展现了小黄花初绽时的"水灵灵"样态,现实的具象性特征也是突出的。

其次,范明的"小诗"也体现着生活的可感性。生活的情貌是气象万千的,在不同的人眼里,生活的面貌、格局和滋味都各自不同,人们对生活的理解、感知和叙说,便有着"横看成岭侧成峰"的万千样态。对于不少人来说,生活可能是一个庞然大物,面对生活,人们总是会出现摸不着头脑的尴尬局面,常常会陷入欲罢不能、欲说还休的言说困境。朦胧诗人北岛曾写有一首题为《生活》的诗,只由一个字构成,就是——网。确然,生活真的是一张网,人们都被网所编织的生活世界所围困着,生活的千般滋味万般景象,都由这"网"所撰写。北岛由"网"而隐喻"生活",体现着领悟的高妙、发现的聪慧和表达的机智,这首诗诞生之后,获得的好评如潮是可以想见的。不过,这样的诗歌写作可遇不可求,这样的表达是诗神缪斯在人间的灵光一闪,具有某种天启般的神秘性和不可复制性。更多的时候,普通人面对的生活,都是由具体的、切实的、琐碎的乃至芜杂的物象、事象、景象、情象等拼接凑合而成的,诗人对生活的读解、捕捉和描摹,就必须以这些琐屑杂乱的形象为基础,在清理、分类、排列之中构造出具有某种逻辑性和完整性的世界景观,凸显出某种情绪底色和思想底蕴来。范明的诗歌总是从很小的事物出发,在一个特定的视角上来描述现实、折射生活，凸显出强烈的可感性。读读这首《小雪记》："阳光白白的/像雪，一片片，粘在光影处/墙角的柜子突然起身/堆积的书籍也突然，抬头张望/它们也知道小雪的降临吗//我想放下书籍的沉思/走出去，去到那明亮的河对岸/站在干枯的河堤上/看群鱼托起紫色的睡莲/我想把小雪的消息/说给风听，说给鸟听/用冻伤的手浸一浸睡莲的涟漪/细细的，成堆的/冬天来了，并正在流逝//但能相信吗，时间会回来/那场雪一直下/一直，落在我的头发上。"诗人要表达的关于生活的理解和认知有很多，比如，生活每天都在我们面前展开、生活给了我们很多的情绪的感染与思想的启发、生活在四季变换中也在不断发生改变、时间在现实生活中不断流逝，等等，不过，诗人并没有在诗行中直接写出上述这些分析性话语，而是用了具体可感的形象来写照和暗示。在这首诗中，诗人将窗前投射进来的阳光，比如成一片片的雪花，这是很妙的，即使虚浮的阳光变得具体可感，又以雪的易逝来暗示阳光的可贵，提醒人们珍惜光阴。诗人在"阳光"——"时光"——"雪"——"易逝"等几个物象与意义之间搭建了巧妙联通的桥梁，又以"小雪"为关键意象，凸显出生活的具体可感性来。这首诗是有关"光阴"的一种生命领悟，但试想，如果将诗题《小雪记》改换成《光阴记》，那么诗歌的写法就会完全不一样，或许哲理性会极度增强，但现实的可感性就将大大削弱。

第三，范明的"小诗"还突出地体现着生命的原发性特征。范明的诗记录着现实生活的素朴真切的真实场景，袒露着诗人率然的性情和洁净的心地。范明写诗，从不做作，也不伪饰，而是做到了本心呈现，真我曝光，诗人把自己内心的声音如实地述说给读者，读者读着她的诗句，就能产生如见其人、如闻其声、如会其情的心灵反应。夸张、怪诞、扭曲、变形，这些与现实世界和本我生命相距甚远的修辞技巧和语言行为，在范明的诗歌中都不多见。范明始终保持着对诗歌表达的本能自觉，她极力追求着一种洁净、平实、真率的诗意言说方式，当我们进入她的诗意世界，就如同进入到白雪皑皑、抑或清风明月的童话世界，诗人向人们袒露的真实内心状况、原发性生命样态，在此可谓呼之欲出。比如这首《湖畔漫步》："这个下午，我在湖畔漫步／垂柳俯身拨弄湖水／／以为见过的湖都不如东湖好／以为有湖的地方能偶遇一些惊喜／／这是另一个城市的湖／湖面铺满八月的荷叶／我站在湖畔／等待最美的夕阳，透过柳枝／我突然发觉／没有人可以说话／即使有，记忆里都有自己的故乡"，在异乡的湖畔发现了美好的风景，也许会产生一丝心灵的悸动，但细致品味内心的情绪，鲜明感知到的仍是那种悠悠不绝的故乡的记忆。这种深藏于心的乡愁之情，显然具有某种生命原发性的意味，是诗人最真实的内在情绪的本真袒露。

我是比较认同范明这种立足于"小"、体现着现实具象性、生活可感性、生命原发性特征的诗歌写作路向的，我认为这种路向不仅为其诗歌世界的不断拓展、诗歌质量的不断提升提供了可靠的保障，而且也是诗人对当代诗歌美学流变后所出现的新的表达潮流的某种追随。我们知道，朦胧诗在二十世纪七十年代末和八十年代初的异军突起，标志着中国新诗走出了政治抒情诗的旧有藩篱、迎来了书写个体生命感知和精神世界的新时期。第三代诗歌运动是当代新诗继续高扬诗人的创作主体性、让诗歌的抒情声音更具个性特色的诗歌潮浪。当代新诗因为第三代诗人的群体发力，而迎来了一个众声喧哗、各显神通的个人化表达时代，这种个人化表达，到了二十世纪九十年代甚至促成了"个人化写作"诗学观念的生成。当代诗歌的个人性特色与声线各异的音色此起彼伏，一种多元化的美学格局就此形成。不过，"个人化写作"也有着不容忽视的美学误区，即它最大限度地凸显了诗歌的个体性，然而却无形之中淡忘了诗歌表达的公共性。诗歌公共性的缺乏导致了阅读共鸣的退场，也就是说，诗人沉溺于自我表现，但读者却并不待见，这也许是九十年代以来的诗歌读者日益减少的原因之一。新世纪以来，中国新诗在美学观念与艺术技法的调整上作着持续的努力，这既是诗歌不断向前发展的美学惯性所造成的自然结果，同时也是新诗试图努力切入时代、重新赢得读者的主动变革。在此基础上，表现日常生活情景、书写"小"的事物（小景观、小情绪、小感受）等成为新世纪诗歌的重要美学策略。由此可见，范明的"小诗"正是顺应了新世纪诗歌美学浪潮的文本形态，因而是值得充分肯定的。

上述对范明所创作的"小诗"之"小"进行了一定的阐述，通过阐述，我们已经对范明诗歌的美学个性和历史合理性有了确切的认知。接下来，我们谈一谈范明的"小诗"之"诗"，也就是范明诗歌如何体现出诗意素质和诗性精神的。前文已述，范明诗歌往往语言朴素，话语干净，生活气息浓郁，显示着自然世界的真纯与明亮，也给人深入地认识宇宙人生带来较大启示，这些都是诗性精神的具体体现。那么，在凸显上述诗性精神时，范明诗歌具有怎样的属于自己的独特美学表达方式呢？仔细阅读她的作品，我们不难发现，范明的独特艺术技法和美学策略，主要体现在两个方面，一是难能可贵的"儿童视角"，一是极为珍奇的哲性化叙说。下面分而述之。

新诗中的"儿童视角"，是指诗人能用儿童的眼光来审视和打量世界，并用诗歌的形式将这种审视和打量到的世界景象如实地书写出来。我们知道，儿童的心灵世界是充满着天真、好奇、想象力旺盛的精神素质的，在儿童的眼里，这个世界处处都显露着神奇，处处都闪烁着光亮，处处都有童话的踪影，也就是说，儿童眼中的世界总是诗意盎然的世界。当人们在童年岁月的时候，世界的诗意力量环绕在周身的，但当人们逐渐长大，世俗的浪潮蒙蔽了我们的双眼、遮蔽了我们的心灵，我们与那个诗性流淌的世界渐行渐远。只有优秀的诗人还坚守着那么纯真，还能用童真般的双眸来看待这个世界，发现这个世界永远留存的美妙与光亮。范明正是这优秀的诗人之一，她以"儿童视角"所捕捉到的世界，是充满奇幻色彩和美好品质的人文世界，总是能给我们带来光明和希望，让我们平淡的生活不时增添了惊喜和亮色。她写"月亮"："白月亮钻出云的被窝／早起的鸟儿飞到树上鸣叫／吵醒了邻家的小狗／宽阔的水渠／水声响了一夜／／一道光从东边漫过来／漫过蓝天的窗帘／漫过月轻柔的臂弯／山爬起来／戴了顶镶金边的草帽／／我左手提一壶月光／右手随意涂抹／恍若神助／画了一座金色的山／再在山巅上，点一滴月的露珠儿"（《山上的月》）。各种景物都显露着神奇的色调，万事万物无不携带着人类的情感，这些诗化的景物，无不出自于诗人那奇妙的"儿童视角"所见。有学者曾这样描述儿童视角下的景物特色："在儿童主客体不分、自我中心的思维方式的观照之下，围绕在儿童身边的动物和植物都勃发出鲜活的生机，散发着人性人情的光辉，使人与物之间的一种心灵交感自然呈露。"（王黎君《中国现代文学中的儿童视角》）。范明《山中的月》中的诸般景物，是比较符合王黎君教授所阐述的这种特色的。其实，不止《山中的月》这首诗作，范明的多数作品中所描述的自然景观，无不具有闪烁人文精神的通灵性，无不"散发着人性人情的光辉"，这些景物的出现，都来自于诗人的那种不可多得的"儿童视角"。

与此同时，范明的诗歌常常在不经意间，表述出对宇宙人生的某种独到领悟与深切感知。我们说诗歌是对现实生活的艺术呈现，并不是说只要把现实的各种情状——纳入分行的文字之中，任意拼贴和组合在一起，一首诗就成了，而是说，对于生活的呈现，诗歌不仅要将芜杂的生活有序化，还要将表象生活的内在蕴意，巧妙折射出来，给人感召和启迪。范明的诗歌正是这样，在呈现现实生活的真实景观的同时，还能生发对于生活的某种独特领会和深切认知，其诗中会不时出现哲性化叙说的精彩诗行。一直以来，范明对于诗歌中的"思想"都是较为关注的，她说："我每天都在读别人写的诗歌，从中发现一些我意想不到的新奇的想法、对词语的把握和思想的光辉。我说的思想的光辉，是那种如同跟人唠家常似的，或有着独立的个性和对生命的思考，读后让人心领神会。"或许是受到其他诗人的潜移默化，范明的诗歌中，也时常能发现这种有着"思想的光辉"的精彩句子，如"只要是美的，孩子都要去追"（《吹泡泡》），"驶来的是日子／流去的是岁月"（《访古》），"爱不必预演／也不必惊慌"（《黄昏将近》），"飞翔必须张开自由的翅膀／不然无边的夏日如何成为一片湛蓝/融化的白云如雪/只有看见大海才能完成青春的心愿"(《南方寻梦》),等等。

"写一首小诗给自己",这是范明一首诗的名字,但我其实把它理解成了范明的诗歌写作初衷和创作动力,我认为范明的所有诗歌都是写给自己的,那里有着诗人自我生活的踪影和心灵的低语,每一行字都可视为诗人生命的独白和精神的化身。在小说、散文、戏剧、诗歌四大文体中,诗歌无疑是靠近主体精神最近的一种文体,诗歌往往折射着创作主体生活的印痕和心灵的意志,似乎可以说,为自己而书正是诗歌写作一种天然的表达个性。当然,诗歌尽管常常是写给自己的一种艺术文本,但诗歌绝不能仅仅停留于自我吟哦、自怜自叹的狭小格局之中,它应该是以诗人主体的精神诉求为创作起点,借助意象的组织、结构的安排和情感的抒发,表达出一种人人皆能感知的情绪与思想,从而在每一个读者心中引发强烈的震撼和共鸣。范明的诗歌正是这样,虽然是立足于日常生活的写照,但往往不以炫示小情小调为目标,而是能做到由小见大,让人们既能领略到片段生活之韵味,又从小的生活情景出发,领受到自然的趣味和人生的奥秘,获得精神的愉悦和思想的启迪。

被收藏的时光

我在准备写一篇关于诗歌话题文章的时候，我的办公桌突然晃动起来。我所在的办公楼是向当地居民租来的六层楼高的房子。坐在办公室里，抬眼一望，便是一排同样五六层楼高的房子。这是深圳很普遍的城中村，每栋房子中间只隔着一条2米多宽的巷子。我的目光离对面三层楼高的窗子挨得最近，但我从来没有看见过窗子里的人。有一次，我偶然看见一对年轻男女在楼顶露天的平台上晒被子，我突然感到对面不再给我以陌生感。这对年轻人应该是小两口，也应该是在这里租的房子，也许是在某个公司或工厂上班，或自己开了个小店。我想他们刚结婚不久，还没有孩子，可能是广东人，也可能是外省人。他们的新生活刚刚开始，还有许多甜美的日子等待着他们。

办公桌又晃动了一下。有一台压路机正在平整道路。不要看这只是一条窄窄的巷道，但平时也是通车的，经常有小车从这里来来去去。

近两年我所处的环境，是在一片修修补补的噪音当中。

有一天，我躺在床上看电视，突然感觉到我的身体微微晃动，先开始以为是有点眩晕，以为身体出了状况，后来听见窗外高架桥有地铁经过的声音，才松了口气。小区在今年没有停歇过，白天都是不堪忍受的机器轰鸣声，因为在更新供水管道，大半年过去了还没完工。

我是个喜欢清净的人，每天处于这种吵闹声中是一件很苦恼的事。但我发现周围的人抗噪音能力都很强，似乎没有人提出抗议，当然包括我。

写了这么多题外话，似乎都与诗歌没什么关系，其实不然。比如说，因为不堪忍受噪音的侵扰，我写过几首短诗，抒发一下心情，缓解一下压力。这就是我认为诗歌产生的一个因素，大多诗人都在写着身边发生的事，这些事是生活中的小事，看似小题大做，实则是当下生活的记录，如果从历史的眼光来看，在今后的许多年，当有人读到这类诗的时候，就会知道曾经的生活场景和诗人的情感体验。我觉得这类诗，比单纯地写景抒情更有意思。

所以，诗歌是一种记录，是现实的在场感。这几天看我最近写的诗，发现了一个现象，就是我的诗多是一种生活的呈现，一个生活场景、当下的心情、一个瞬间的想法，是被我收藏的时光，这也许是我写作时有意无意地抒写方式。把生活自然地呈现出来挺好的，只描述思绪的波浪，不说出困惑的答案。诗是千变万化的，有无穷的可能性，每个人表达的角度不同，想象不同，只是看谁更高明一些。我说的高明，并不是说把诗写得很复杂，很难懂，不知所云；我说的高明，我认为在于想象的高明，体验的高明。同是想象，同是体验，就看你的诗是否写出与别人不一样的感受出来。有的人文字功底好，有人写的笨拙些，这都不是重点，重点是写的与众不同。我们生活的环境、空间，面对的景色，所接收的信息基本相同，同质化是我们都面临的现象。在这样的写作环境中，要将作品完成得好，还在于多阅读、多学习、多思考，写自己能够驾驭的题材。同时要对自己有信心，不高蹈，不自贬。

也许源于阅读的原因，我原来阅读了大量的散文，所以从散文写作跨越到诗歌写作，是一种学习和探索的过程。而我又喜欢冲淡、平易的文字，喜欢言简意深、散发哲思和人性光辉的文字，所以无论在之前的散文写作，还是现在的诗歌创作，这种风格是我一以贯之、一向推崇的。

记得我刚开始尝试写诗的时候，诗歌的气息都是散文的气息，而且受抒情诗的浪漫色彩影响，诗歌呈现的都是青春的记忆，年少时的情感。因为我生长的环境及生活的历程都比较顺利，平坦，简单，所以记忆中留下的都是美好的单纯的东西。所以我的诗也是美好的，清新的，即使忧愁也是那种浅浅的忧愁，是所谓的小资情调。这种风格的诗，我写了许多。之后，随着诗歌写作的进一步深入，再往前读这些诗，觉得很幼稚，写法也比较传统，还没有进入真正的写作状态。如果说，我之前喜欢文学，写散文，写诗歌，是作为一种爱好，让心灵有个安顿处，兴之所至，漫然书之，那么，在越来越进入诗歌写作之后，我逐渐形成了较为自觉的认知，就是希望写得再好一些，并越来越好。

现在我自认为在诗歌创作上比之前有了较明显的转变。这种转变不是因为有了关于对诗艺的认知，而是说真正面对了我的内心世界。在我们生活当中，诗歌无处不在，周围的一切都可入诗。比如，早晚散步的时候，日出或日落的时候，比如下雨或天晴的时候，比如路过一个街区或逛商场，看见了什么人和什么事的时候，等等。我现在的写作状态比之前要放开很多，不再纠结于是否诗意，语句是否诗性，而是先让最初的感受自然而然地随着心走。有时候，最初的感受是最强烈的，是那一瞬间心灵的触动才有产生诗的可能。诗歌就是这么奇怪，是你以为抓住了却无法抓住的东西。比如写早晨，写傍晚，写山川河流，写沿途的所见所闻，诗歌有多种呈现的可能性，要么温婉清新，要么雄浑开阔，要么娓娓道来，要么仗剑高歌，这就是诗歌的魅力。

我喜欢的诗歌，多是自然，朴素，能走心，且不空洞，言之有物。这也正是我努力想做到的。这本诗集之所以名为《草地边上》，一是因为我居住的小区有一大片草地，我时常在早晨或傍晚，围着这片草地散步，我有很多瞬间、零碎的思绪都在那里发生，那些一闪而逝的灵感往往被我及时地抓住；二是因为我喜欢自然的青草与花香，每当我走在草地边上，感受风云变幻，时光的流逝和点滴的美好与伤感，我就感到一种释怀和舒畅；三是因为可以代表我的诗歌的整体风貌，大自然、生命与爱，是我崇尚与喜爱的永恒主题。另外，在这本诗集中所记录的最重要的一笔，是庚子年春爆发的新冠疫情，给予我的伤痛和思考。

诗歌对我而言，就是个魔法无边的家伙，它让我越来越痴迷。我的诗歌就是被我收藏的时光。如果可以，我希望可以这样不停地写下去。

范　明
2020 年 7 月